【特別感謝】
本書附21段中德文朗讀音檔QR Code，
特別感謝輔大德語系與「D-Lab
台德跨文化實驗室」製作提供。

Die Leiden Des Jungen Werther

少年維特的煩惱

Johann Wolfgang von Goethe
歌　德——著
管中琪——譯

Golden Age 28

少年維特的煩惱

【德文直譯．唯美精裝】（二版書封復刻1893年巴黎歌劇首演海報）

作　　者　歌德（Johann Wolfgang von Goethe）
繪　　者　奧古斯特．勒魯（Auguste Leroux）
譯　　者　管中琪

野人文化股份有限公司

社　　長　張瑩瑩
總 編 輯　蔡麗真
責任編輯　陳瑾璇
專業校對　林昌榮
行銷企劃　林麗紅
封面設計　萬勝安
內頁排版　洪素貞

【特別感謝】

本書附21段中德文朗讀音檔QR Code，特別感謝輔大德語系「德語文學導讀」課程學生共 42 人與「D-Lab 台德跨文化實驗室」製作提供。

指導老師　周郁文
朗 讀 人　唐健祐（D-Lab 主編）歐榮傑　張可欣　范姜律融　許宸綺　吳庭萱
曾郁喬　許睿喆　林芝茵　林季佳　林子芳　吳庭璇　崔育誠　賴星宏
陳郁嵐　林后韓　吳佳恩　梁凱蒂　蔡宜庭　張家寧　陳俐穎　林　菲
許雅筑　劉孟寧　蔡沁璇　張佳芠　李汶倢　張元讓　古明承　潘羿寧
黃鈺婷　黃渝萱　易子玲　羅子淳　陳詩涵　許庭瑄　馬佩瑄　柯承欣
梁宗芸　李珊彣　曾詩茵　楊采妮

出　　版　野人文化股份有限公司
發　　行　遠足文化事業股份有限公司 (讀書共和國出版集團)
地址：231新北市新店區民權路108-2號9樓
電話：（02）2218-1417　傳真：（02）8667-1065
電子信箱：service@bookrep.com.tw
網址：www.bookrep.com.tw
郵撥帳號：19504465遠足文化事業股份有限公司
客服專線：0800-221-029
法律顧問　華洋法律事務所　蘇文生律師
印　　製　呈靖印刷股份有限公司
初　　版　2018年1月
二版首刷　2021年3月
二版六刷　2024年6月

ISBN 9789863844945（平裝）
ISBN 9789863844877（EPUB）
ISBN 9789863844860（PDF）

歡迎團體訂購，另有優惠，請洽業務部（02）22181417分機1124

國家圖書館出版品預行編目（CIP）資料

少年維特的煩惱【德文直譯．唯美精裝】（二版書封復刻 1893 年巴黎歌劇首演海報）/ 歌德 (Johann Wolfgang von Goethe) 作 ; 管中琪譯 . -- 二版 . -- 新北市 : 野人文化股份有限公司出版 : 遠足文化事業股份有限公司發行 , 2021.03
面；　公分 . -- (GA ; 28)
譯自 : Die Leiden des jungen Werther
ISBN 978-986-384-494-5(精裝)

875.57　　110003464

野人文化 官方網頁　野人文化 讀者回函

少年維特的煩惱

線上讀者回函專用QR CODE，你的寶貴意見，將是我們進步的最大動力。

狂飆時代最惹淚的愛情殉道者

野人文化編輯部

拿破崙（Napoleon Bonaparte）曾讚美：「《少年維特的煩惱》是歐洲文學史上最偉大的著作之一。」他愛不釋手，就連遠征埃及時都交代部屬，務必隨軍攜帶這本小說，更曾親自召見歌德，表達崇敬之意。

《少年維特的煩惱》於一七七四年甫出版，就成為當年度甚至是當代的第一暢銷書，至今已譯成超過五十種語言，全球銷售突破千萬冊。本書也和莎士比亞的《羅密歐與茱麗葉》、小仲馬的《茶花女》（野人文化出版），同列史上三大經典愛情悲劇。

一部真人真事改編的青春悲歌？

《少年維特的煩惱》是部極具「自傳色彩」的作品。歌德將自己經歷的劇烈情感挫折，和好友為愛自殺等真實事件，昇華淬鍊後，寫成了這本虛構的文學小說。

一七七二年，歌德二十三歲，在威茲拉爾（Wetzlar）的帝國最高法院實習。在那裡，他愛上了好友凱斯特納（Johann Georg Christian Kestner）的未婚妻夏綠蒂·布芙（Charlotte Buff）。世俗規範明明白白橫在眼前，但歌德仍舊深深迷戀著她。

夏綠蒂拒絕了歌德，這使得歌德幾乎打算藉自殺以求解脫。幾個月後，歌德的另一位好友卡爾·耶路撒冷（Karl Wilhelm Jerusalem），也因為戀上友人之妻、告白遭拒，而飲彈自殺。歌德從凱斯特納口中知道耶路撒冷的死亡消息時，極為震驚。

一七七三年四月夏綠蒂與凱斯特納成婚。隔年，歌德在法蘭克福陷入另一場三角戀，他愛上已婚、年十八歲的麥絲米蘭（Maximiliane von La Roche）。

兩人交往甚密，使得麥絲米蘭的丈夫相當惱火，不久即舉家搬離法蘭克福。這讓歌德再次陷入孑然一身的孤獨之境，非常痛苦。

歌德正是在遭遇到這一連串的失戀，加上好友自殺等變故後，一氣呵成地以夏綠蒂和麥絲米蘭兩位女孩，作為女主角的原型，寫成了《少年維特的煩惱》。

夏綠蒂・布芙（Charlotte Buff）
©Wikimedia Commons

麥絲米蘭（Maximiliane von La Roche）
©Wikimedia Commons

卡爾・耶路撒冷

（Karl Wilhelm Jerusalem）

耶路撒冷死前於使館任職，他戀上使館祕書伊麗莎白・赫德（Elisabeth Herd），但苦戀無果。他自殺用的手槍是向凱斯特納借的，與本書的情節安排雷同。

©Wikimedia Commons

凱斯特納

（Johann Georg Christian Kestner）

夏綠蒂・布芙的丈夫。據說本書出版後，曾讓凱斯特納感到些微不滿，因為他認為書中揭露太多三人之間的關係。©Wikimedia Commons

引爆「狂飆世代」青年熱情共鳴的經典小說

歌德可謂擔當了整個「狂飆世代」的精神象徵。狂飆世代是從古典主義過渡到浪漫主義的中間階段，這個世代的青年亟欲打破苦悶壓抑的封建規範，主張「感情自由」、「個性解放」，而《少年維特的煩惱》正是伸張了青年內心訴求的典型代表作品。

二十一世紀的青年或許很難想像《少年維特的煩惱》在歐洲掀起的「維特熱」。當時，眾多讀者群起模仿書中的維特形象，從維特裝（藍色燕尾服搭配黃背心）、維特杯子、維特茶壺，甚至到維特香水，比比皆是。

獨家收錄十幅「法國插畫名家」奧古斯特・勒魯[1]復刻插畫

野人文化特別收錄勒魯為一九二八年法國版《少年維特的煩惱》所作的十幅水彩畫和版畫。勒魯畫風精緻細膩、活潑奔放。每幅畫都是以書中最經典的場景和劇情作成，大大增強了各個情節轉折處的震撼力道。

1 Auguste Leroux，1871 — 1954，法國相當知名的書籍插畫家。他曾獲「羅馬大獎」首獎（Prix de Rome，巴黎競爭最烈、聲望至高的藝術競賽），並為眾多知名作家的著作作畫，包括福婁拜、巴爾札克、愛倫・波，與法國作家拉克洛的《危險關係》（Les Liaisons Dangereuses，野人文化出版）。

改編多部小說、電影、歌劇，影響力橫跨兩百餘年

在文學上，雨果、巴爾札克……等著名作家都深受歌德影響。「樂聖」貝多芬在青年時期閱讀本書時，也深感共鳴。二十世紀初德語小說家、諾貝爾文學獎得主湯馬斯・曼（Paul Thomas Mann）更創作了名為《夏綠蒂拜訪威瑪》（*Lotte in Weimar*）的延伸小說。二十一世紀哲學大家羅蘭・巴特的《戀人絮語》（*Fragments d'un discours amoureux*，商周出版），也以本書為文本，探討戀愛百態。

此外，以本書作為原創故事的改編電影則有五部之多。台灣蘇打綠樂團的主唱青峰亦受到《少年維特的煩惱》啟發，寫下了一首同名曲。二〇一五年韓國也將本書搬上音樂劇舞台，掀起經典追讀熱潮。

除了這些藝術作品外，《少年維特的煩惱》也在商業界中占一席之地：亞洲知名製菓大廠樂天（LOTTE）的品牌名稱，正是來自書中女主角的暱稱Lotte。

歌劇《維特》（*Werther*）
法國作曲家馬斯奈（Jules Émile Frédéric Massenet）
根據本書改編而成。
©Wikimedia Commons

歌德完成《少年維特的煩惱》時，僅二十五歲，正是精神與心智最旺盛之時。維特與歌德不只深刻展現了歐洲青年的「感傷主義」文化，更綻放了普世的情感衝突與傷痕血淚，使少年維特成為永恆不逝的精神典範。

至今，「狂飆世代」的萬事萬物已倏忽而去，但少年維特永恆不逝，仍在一代代的讀者心中燃燒。

多情文豪歌德的感情世界

野人文化編輯部

歌德一生可說是風流韻事綿延不斷，從少年至暮年，幾乎每段戀愛都談得刻骨銘心、如火如荼，更不乏有挑戰世俗道德的感情經歷。

安娜・凱薩琳娜・勳考普夫
（Anna Katharina Schönkopf）
©Wikimedia Commons

一七六五年，十六歲的歌德遵從父命，前往萊比錫學習法律。在那裡，他認識了大自己三歲、性格聰明伶俐的安娜（Anna Katharina Schönkopf）。這段戀情一開始宛如天作之合，兩人談得熾熱異常，歌德還以女友為繆思，發表

克莉絲汀娜與兒子奧古斯丁
（Christiane Vulpius And August）
©Wikimedia Commons

史坦因夫人
（Charlotte von Stein）
©Wikimedia Commons

了第一部詩集《安內特之歌》（*Annette*）。然而，年輕的歌德妒意太甚，使得兩人之間的爭吵、隔閡日漸加劇。最終，兩人轟轟烈烈地分手了。

一七七四年前後，歌德結束了與夏綠蒂・布芙苦澀的愛戀，並完成《少年維特的煩惱》後，在一七七六年於威瑪邂逅了另一段不倫之戀。

歌德愛上了已婚、大自己七歲的史坦因夫人（Charlotte von Stein），兩人幾乎日日見面，且頻繁通信。這段愛戀持續了十餘年，歌德甚至曾說，史坦因夫人對自己的影響如同莎士比亞的作品一般豐富。但如母親般的情人關心太切，讓歌德感到喘不過氣，最終他不辭而別，前去義大利。

歌德一生中交往的女性友人不知凡幾，但只有一段感情修成正果。一七八八年，歌德三十九歲，他愛上了性格開朗、年僅二十三歲的工廠女工克莉絲汀娜（Christiane Vulpius）。隔年，兩人同居，並且誕下了兒子奧古斯丁。

克莉絲汀娜出身低微，歌德則身處威瑪的上流社會，過大的階級差距使得這段感情亦不為世人所接受。歌德一直抵抗著世俗的壓力，兩人直到同居十八年後才得以成婚。然而，婚後的甜蜜時光不過十年，克莉絲汀娜就過世了，這讓歌德相當痛苦，太太的離世給詩人帶來了無盡的空虛。

一八二三年，歌德七十三歲，他在捷克的溫泉城馬倫巴遇上才貌雙全的十九歲少女烏爾麗克（Ulrike von Levetzow）。兩人朝夕相處，時常一起散步、讀書，老詩人的激情再度燃起。然而，這段戀情未獲家人同意，歌德請朋友代為求婚亦遭婉拒。於是，這位多情文豪將人生暮年的最後一次心碎，化為詩作《馬倫巴悲歌》（*Marienbad Elegy*）。至於烏爾麗克，則是一生未婚。

歌德曾說：「如果沒有愛，沒有情，我寫不出任何東西。」的確，綜觀他一生情史，幾乎每個女人都曾化作其文學作品的靈感源頭，也造就了如《少年維特的煩惱》、《浮士德》等偉大壯麗的藝術創作。

烏爾麗克（Ulrike von Levetzow）
歌德古稀之年的戀人。德國大師級作家馬丁．瓦澤爾（Martin Walser）曾將這段一見傾心的忘年戀故事，寫成《戀愛中的男人》（*Ein liebender Mann*）一書，再現大詩人歌德與少女烏爾麗克的相遇和相戀。
©Wikimedia Commons

★我孜孜不怠，蒐集可憐維特的事蹟，凡是能夠張羅到的，全在此呈獻於各位面前了；我知道，你們將會感激我的所作所為的。維特的性靈與品格，各位無法不欣賞、不愛慕，也無法不為他的命運掬一把淚。

與他感受到同樣迫切渴望的良善的你啊，不妨從他的苦痛中汲飲撫慰。假若你因為命運擺弄，或由於自身過錯，而結交不到好友，就讓這本小書成為你的朋友吧。

★中德文朗讀

第一部

Erstes Buch

Die Leiden des Jungen Werther

一七七一年五月四日

我走了，我真的好開心呀！好友，人心究竟怎麼回事呢？離開了親愛的你、平日難分難捨的你，我居然如此歡欣雀躍！我知道你會原諒我的。命運插手安排我其他的人際關係，不正欲使我的心擔憂懼怕嗎？可憐的萊奧諾娜！然而，那非我之罪呀。她的妹妹任性傲拗，嬌媚動人，令我心曠神怡，豈料萊奧諾娜可憐的心兒卻對我燃起了激情，我能怎麼辦呢？不過，我真能置身事外嗎？難道我未曾滋養她的愛意？她發乎本性的真情流露毫不可笑，眾人卻往往啞然失笑，我不也隨著樂在其中嗎？難道我沒有——哎，人到底怎麼一回事，竟老是在埋怨自己！親愛的朋友，我向你許下承諾，我要改行遷善，不再如既往再三反芻命運加諸於我們的寥寥苦痛；我要享受當下，過去的事就過去了。是的，你說得沒錯，好友，如果人能不終日汲汲於運用想像力，喚起往日痛苦的回憶——上帝才知道為什麼將人塑造成這副模樣！——而是熬過受到忽略的眼前時刻，痛苦肯定能減少許多。

請你好心轉告家母，我當盡心竭力處理她的事情，盡快回覆她消息。我和姑母談過話了，發現她遠非別人口中的刁蠻惡婦，而是個開朗快活、生氣勃勃的善心之人。我向她解釋家母對於部分遺產被扣下頗有怨言，她把種種理由、原因都告訴我了，也說明將基於何種條件交還遺產，而且超過我們要求的數目。總而言之，我目前不想對此著墨太多，請轉告家母，一切將穩當順利。親愛的，我從這件小事又發現，相較於狡詐與惡意，誤解與懶惰在世上或許釀下了更多差池。至少前兩者確實較為罕見。

對了，我在此地如魚得水，怡然自在。置身這處猶如天堂之境，孤寂是滋潤我心靈的珍貴香膏；初春時節的豐饒盈美，溫暖了我驚悸易顫的心。每一株樹，每一排籬笆，放眼盡是錦簇花團，我願搖身一變為金龜子，徜徉在芳香馥郁的花海，盡情尋覓種種養分。

城市本身不堪入目，四周自然風光卻旖旎秀逸，筆墨難以形容。重重山丘縱橫錯落，姿態萬千，交織出嫵媚曼妙的谷壑；這番美景打動了已故的M伯爵，把花園建造在其中一座山丘上。花園布局簡單樸拙，一踏入，即可感覺藍圖並非出自講究精緻對稱的專業園藝師之手，而是一顆渴望優遊於此的情感豐沛的心靈。我在破落的小涼亭裡為已逝者落下許多清淚，他最愛駐足於此，如今亦已是我鍾愛之所。不久，我將成為花園主人；只不過寥寥數日，園丁已對我頗有好感，不會對我接手此地感到難受不快。

五月十日

★一股奇妙的歡欣之感盈滿我整個心靈，甜美得有如我全心全意享受的春日清晨。我孑然一身，在這處專為我等心靈創造的地方，恣意感受生活的歡愉。好友呀，我是如此幸福，深深沉浸在寧靜的感受裡，因而懈怠了藝術創作。我現在無法作畫，一筆也揮毫不了；然而在這一刻，我卻又是位超越以往的偉大畫家。可愛的谷壑裡，霧嵐在我四周蒸騰繚繞，麗日當空，歇息在鬱鬱蒼蒼的密林頂梢，只有幾道光束偷偷溜進林中勝地，溪澗淙淙。我躺臥在溪畔萋萋高草上，挨著土地，形形色色的小草映入眼簾，各顯姿態，風情萬種。每當我感覺自己的心貼近草莖間的微世界，貼近群聚擁擠的小蟲和蚊蚋不可思議的千樣型態，便感受到依自身形象創造我們的全能造物主的存

★中德文朗讀

在，感受到承載我們飄蕩在永恆歡愉裡的博愛者的氣息。我的朋友呀！眼前暮色漸漸深沉，周遭世界與穹蒼，彷似戀人的倩影靜落在我的靈魂裡，我往往不由得興起渴慕，思忖著：「啊，你若能如實重現心中充沛、溫熱的情感，灌注於畫紙上，使其成為你的性靈之鏡，就如同你的性靈是無垠無限的上帝的明鏡，那該多好呢！」然而，朋友啊，若是如此，我將屈服於此番壯麗景象的威力之下，崩潰墮毀，灰飛煙滅。

五月十二日

不知道究竟是這地區有蠱惑人心的精靈翩然飛舞，抑或是我心中溫馨美妙的幻想作祟，我覺得自己宛如置身天堂一般。前方不遠處有口泉井，深深吸引了我，就像水妖梅露西娜[1]與其姊妹受到誘惑一樣。你走下一座小山丘，就會來到一座拱門前，再踏下二十級左右的階梯，即見大理石縫間湧出清澈沁透的泉水。湧泉四周，一圈石頭砌成矮小井欄，兩旁樹木參天，枝葉扶疏，

1 譯註：Melusine，中古世紀的法國神話人物。

在地面落下濃濃綠蔭，涼爽舒適。一切如此引人入勝，卻又令人驚顫。我沒有一日不來此坐上個把小時。城裡的女孩皆來此汲水，往昔即使是國王的女兒，也親手操持這項尋常卻必要的工作。我坐在井邊，眼前油然浮現古代宗法社會的生活，先祖們聚在井旁，相識、結親，善良的精靈盤旋飛舞在古井和湧泉旁。噢，無法領略此番感受之人，必然未曾在酷夏歷經一番辛苦跋涉後，汲起井水，享受一口清涼，提振精神。

五月十三日

你問是否要送書來給我？親愛的好友，求你看在上帝的分上，就讓我擺脫書本的束縛吧！我不願再受到教導、鼓舞與激勵了，這顆心本身已夠咆哮翻湧的了。我需要的是搖籃曲，在我激賞的荷馬史詩裡，我找到的慰藉多不勝數。我經常以此冷卻己身沸騰的熱血；你絕對從未見過如我這般反覆無常，躁動不安的心吧。親愛的！你經常憂心忡忡旁觀我從憂愁趨於放蕩，從甜美的抑鬱趨於敗德的激情，我還需要向你說明嗎？連我也把自己小小的心兒視為一位病童，任其予取予求。勿將話外傳，否則會有人怪罪我的。

五月十五日

★當地的老百姓都認識我了，並對我心生好感，尤其是孩童。不過我有個發現，讓人有點兒哀傷。我與他們往來，一開始態度和善，事事詢問請教，有些人卻以為我有意嘲諷，粗暴不耐地打發我走。我倒是沒有因此火冒三丈，只不過對於早已觀察到的現象，體會更加深刻罷了，亦即：略具階級地位者對待市井小民總是冷淡疏遠的，深怕一接觸，失了自己身分；也還有輕浮之輩與卑劣傢伙，特意紆尊降貴，其實卻是存心讓貧苦之人清楚感受到他們的傲慢自大。

我深知我與他們不同，也不可能相同。然而，我認為那些相信必須與所謂下等人保持距離，以維護自我尊嚴者，實則和害怕敗陣而在敵人面前臨陣

★中德文朗讀

脫逃的人並無殊異，同樣都該受譴責。

前不久，我到井邊去，遇見了一位年輕女僕。她把水罐放在最底下的台階上，正四處張望，看是否有其他女僕過來，能幫她把水罐放在頭頂上。我走下台階，看著她，問道：「姑娘，需要我幫忙嗎？」她頓時滿臉漲紅，答道：「噢，不用了，先生！」我說：「無須客氣。」於是她扶正頂環，我伸手助她一臂之力。她道過謝後，步上台階而去。

五月十七日

★我認識了形形色色的人，但是尚未找到志同道合的朋友。我不清楚自己身上有何迷人之處，居然這麼多人喜歡我、樂意親近我；但一想到我們只能結伴同行一小段路程，不由得悲從中來。倘若你問我這裡都是些什麼樣的人，那我得告訴你：與其他地方的人並無二致！人類還真不外是一個模子印出來的啊。

★中德文朗讀

多數人耗費大半時間汲汲營生，而對於擁有的少許餘暇，又感到惶惶不安，於是挖空心思，不計手段，欲擺脫而後快。哎，這就是人類的宿命啊！

不過，他們都是善良誠摯的人！我偶爾忘了自己的身分，忘情與他們共享人世間的歡樂，一同圍坐在擺設高雅的餐桌旁，坦誠相見，開懷暢談，抑或一道驅車兜風，適時適地舞上一曲。這種種活動對我的身心大有裨益。只不過，我須壓抑自己，別想起我內心還蟄伏著許多遭到擱置的力量，因尚未善加利用而逐漸腐朽，不得不小心翼翼藏起。啊，一思及此，我不由得揪心難受。然而，遭人誤解，就是我們這種人的命運呀！

哎，我年少時的女友過世了；啊，我何曾有幸認識了她！我真想說：「你是個傻瓜！在世間尋尋覓覓找不到的東西！」可是，我認識了她啊，曾經感受到她的心、她偉大的性靈；與她在一起，我彷彿變得更加卓越，因為我將自己發揮到了極致。慈愛的主啊，當初我的心靈難道還有一絲力量未善盡其用嗎？在她面前，我的心靈擁抱大自然而獲得了極其美妙的情感，我難道沒有盡情抒發嗎？我們的交往，不正是最細膩的感受、最敏銳的機智不斷交織而成的錦緞，機智幽默且又衍生變化，甚而變得戲謔淘氣。這些，不都是天才的印記嗎？但現在呢？哎，她比我年長幾歲，卻也先我一步進了墳墓。我永遠無法忘懷她，忘不了她堅毅的性格與非凡的耐心。

幾天前，我遇見一位名喚V的直爽年輕人，相貌堂堂，剛從藝術學院畢業不久，雖不致於自視非凡，卻自認學識比他人淵博些。從各方面看來，他倒也勤奮不倦。總之，他確實見多識廣。他聽說我繪製了多幅畫，而且懂希臘文（兩者在此實屬罕見），於是前來拜見，他從巴多[2]講到伍德[3]，從佩勒斯[4]聊到溫克爾曼[5]，夸夸大談美學概論，直抒胸臆，還要我相信他徹底讀透蘇澤爾[6]理論的第一部分，手邊有海納[7]對於古典時期的研究手稿。他侃侃而談，我始終未置一詞。

我也認識了一位安分守己的男士，是侯爵底下的法官，一位真誠坦率之士。據聞見他與九個子女相處的情形，不由得打從心底升起歡愉；大家對他的長女尤其讚不絕口。他已邀請我到府作客，我想近日就登門拜訪。法官住在侯爵的一座獵莊，距此一個半小時的路程。夫人過世後，他住在城裡和官邸裡總觸景傷情，因而獲准遷居到獵莊。

此外，我也遇到了幾個怪裡怪氣的人，一舉一動令人不敢苟同，其中殷

2 譯註：Charles Batteux，1713-1780，法國哲學家。

3 譯註：Robert Wood，1716-1771，英國著名的古文物研究學者。

4 譯註：Roger de Piles，1635-1709，法國藝術評論家。

5 譯註：Johann Joachim Winckelmann，1717-1768，德國考古學家與藝術學家。

6 譯註：Johann Georg Sulzer，1720-1779，瑞士美學家，著有《美術概論》（*Allgemeine Theorie der schönen Künste*）一書，書中論及古典主義的創作原則和審美理念。

7 譯註：Christian Gottlob Heyne，1729-1812，德國重要的古典主義思想領袖。

勤親熱的態度最是教人無法忍受。

先言盡於此了！這封信裡記錄的都是真實事件，一定合你心意。

五月二十二日

有些人，早已感受到人生如夢，這份感觸，也經常縈繞在我心頭。我觀察到禁錮人類行動力與探究力的限制；看見人將全副精力虛耗在滿足各式無謂需求，僅是希冀延長我們可憐的生命；察覺到人從探索問題獲得的慰藉，不過是幻夢似的聽天由命，猶如只是將自己囚室的四壁，繪上五彩繽紛的人物與秀麗明媚的風光罷了——威廉啊，這一切真讓我啞口無言。我於是求諸己身，回歸內在，竟意外發現一個世界！這個世界在預感與晦暗欲望中，比起透過表現與活力，顯得更為清晰。這時，一切都在我的感受前泅泳漂游，而我恍如置身夢境，在世界上繼續綻放微笑。

學問淵博的教員與家庭教師皆認為，孩童不明白自己為何有欲求；即使是成人，也和孩童一樣，在世上跌跌撞撞，蹣跚亂行，不明瞭自己來自何處，去向何方，同樣不遵循真正的目標行動，同樣受到餅乾、蛋糕和棍棒的操控。無人肯相信這一點，我認為卻是昭然若揭。

我十分清楚你聽了我的話後會有何回應，所以乾脆向你坦承不諱，我認為那些像孩童一樣活在當下的人最為幸福。成天帶著玩偶遛達，把玩偶的衣物又穿又脫，躡手躡腳在母親放甜麵包的抽屜四周打轉，不敢造次，一旦如願得到渴望的麵包，趕緊大快朵頤，腮幫子塞得鼓鼓的，嚷嚷著：「還要！」這樣的人是幸福的。還有一類也置身幸福之中，這種人給自己雞毛蒜皮的瑣事甚而愛好，加上冠冕堂皇的名稱，美其名曰「為人謀求福祉與幸運的偉大行動」——辦得成的人，祝他們幸福吧！然而，若能虛懷若谷，洞察到萬事萬物的最終結局；看出人民的幸福在於如何將自己的小花園精心修剪成樂園；看到負擔沉重的不幸者，依舊上氣不接下氣、勤奮不懈地走自己的路；看見人人都希望再多看一眼陽光——是的，這種人內心安穩寧靜，從自身創造出自己的世界，並因為生而為人而擁有幸福。儘管他處處受限，內心始終保有自由的甜美感受，只要他願意，隨時隨地能離開囚籠。

五月二十六日

你素來了解我的脾性，我喜歡在舒適之處擇一小屋住下，過樸素簡單的生活。我在此處，也發現這樣一個小地方，深深吸引了我。

離城裡約莫一個鐘頭的路程，有座叫做瓦爾海姆[8]的村莊，緊鄰一座小山丘，位置頗為有趣。從銜接村莊的小丘步道往上走，峽谷景致一覽無遺。村子裡有家客棧，女店東雖已上了年紀，仍舊殷勤熱絡，生氣勃勃，親自為客人斟葡萄酒，端來啤酒，送上咖啡。最教人心馳神往的，無非是那兩株菩提樹，枝葉扶疏，鬱鬱蔥蔥，遮蔭了教堂前農舍、穀倉和庭院圍繞的一小塊廣場。我難得找到如此清幽稱心之處，因此請服務生移出桌椅，在外頭喝咖啡，沉浸在我的荷馬裡。我在一個風和日麗的午後，第一次偶然走到菩提樹下，小廣場寂寥靜謐。所有人都下田去了，只有一個小男孩坐在地上，約莫四歲，雙手摟著坐在他腿間的六個月大嬰兒，讓他靠在懷裡，自己儼然成了一張沙發。男孩烏黑的雙眼骨碌碌轉著，透出活潑慧黠的神色，但是人仍靜靜坐著，動也不動。眼前的情景賞心悅目，於是我在對面一張犁坐下，興匆

8 原書註：Wahlheim，讀者請別費心查找書中提及的地名，因為全都出於必要而改掉了。

勿描繪兩兄弟的姿態，又依遠近，在一旁添加籬笆、穀倉大門與幾個破舊車輪，一個鐘頭後，完成了構圖嚴謹、趣味盎然的圖畫，絲毫沒有摻進我半點主觀意見。未來我要歸依大自然的決心因此更加堅定了，唯有大自然，才擁有豐富的資源，取之不盡，用之不竭；唯有大自然，才能造就傑出的藝術家。人盡可侃侃談論各種規範的優點，例如盡情稱頌市民社會的好處。根據規範培育造就的人，絕不會創作出品味盡失、技藝拙劣的作品，一如謹守法規的小康市民，絕不至於成為討人厭的鄰居或是地痞流氓。然而，不管怎麼說，規範卻也會摧毀自然的真實感受與真實表現。你八成會說：「這樣說太過分了！規範不過是種約束、節制，用來修剪繁雜蔓生的藤蔓罷了。」親愛的朋友，要我給你打個比方嗎？這正如同愛情。有個青年傾心於一位姑娘，與她廝守終日，耗盡精力與家產，只為時時刻刻展現自己對她一片赤誠。這時，來了一位擔任官職的庸俗之人，對他說：「聰明的年輕人呀！愛是人之常情，但也該愛得合情合理啊！好好分配你的時間，一部分專心工作，閒暇之餘再去陪你的戀人。我倒不反對你仔細計算財產，扣除必要開銷後，拿點餘錢買禮物送給她，但是別太頻繁，例如生日或者命名日等即可。」若是青年聽信了俗人之言，那麼我們便多了一位大有為的年輕人，我願意推薦給王公侯爵，讓他進入官署。不過，他的愛情也就完了。他要是個藝術家，藝術生涯也因此結束了。我的朋友呀，為何天才的洪流難得噴湧，鮮少澎湃成翻騰巨浪，撼動你們驚愕的心靈呢？親愛的朋友，因為兩岸住的都是些處變不驚的冷靜老爺呀！倘若巨潮湍湧，他們的花園小屋、鬱金香花床與苗圃將會毀於一旦，故早已未雨綢繆，預先築壩蓋堤，防患於未然了。

五月二十七日

我發現自己在興頭上只顧著打比方，高談闊論，忘記講完孩子後來的情況。就如同昨天已在信中簡略提到的，我在犁上坐了兩個鐘頭，心思完全沉浸在繪畫裡。傍晚時分，一位少婦手裡挽著籃子，一勁兒走向始終文風不動的兩個孩子，老遠就聽她喊道：「菲利普斯，你好乖啊！」她向我問好，我答了聲謝，起身朝她走去，詢問她是否為兩個孩子的母親。她回答「是的」，同時把半個白麵包遞給四歲男孩，然後抱起小嬰兒，慈愛地親吻著。她說：「我將小的交給菲利普斯看顧，帶老大進城買麵包、糖和一個陶鍋。」我在掀開蓋子的提籃中，看見她所說的東西。「我晚上要給漢斯（這是小嬰兒的名字）熬點稀飯。我那個老大啊，調皮鬼一個，昨晚和菲利普斯搶食剩下的粥，結果把小鍋打破了。」我詢問老大上哪兒了，她答道在草地上趕鵝，話音才落，只見大兒子蹦蹦跳跳過來，給了老二一根榛樹枝。我和少婦又聊了一會兒，得知她是學校教師的閨女，丈夫前往瑞士，領取堂兄留下的遺產。她又說道：「他們想侵吞他的遺產。他寫信過去，沒人回應，只好親自走一趟。我一直沒有收到他的消息，但願別遭遇什麼不測才好。」離開少婦時，我於心不忍，心情沉重，各給了孩子一個銀幣，連最小的，我也把銀幣交給了他母親，讓她下次進城時買個白麵包給小孩配粥吃。隨後我們便道別了。

珍愛的朋友，告訴你，我心煩意亂時，只要一看到這類人，浮躁難安的心緒就能平靜下來。他們這種人生活在狹隘的日常裡，泰然愜意，日子過一天算一天，看見樹葉凋零，腦子裡也只想到冬天將臨，不會有其他想法。

那天以後，我經常在外頭逗留，孩子和我變得十分親近，我喝咖啡時，就給他們糖吃，我們還共享晚餐的奶油麵包和優酪乳。週日，他們一樣拿得到小銀幣。若是我做完禮拜沒過去，即委託女店東轉發。

孩子和我處得很熟，什麼話都不忌諱。每當村子裡來了更多孩子，天真活潑，直截了當表達自己的欲望時，我尤其樂不可支。

少婦擔心孩子給我添麻煩，我花了很大力氣，才消除她的顧慮。

五月三十日

我這陣子談到的繪畫觀點，同樣適用於詩歌創作，只不過，要懂得明辨珠玉，勇於呈現，當然還需言簡意賅，寓意深遠。我今日經歷了一個場景，純粹照實描述，即是世間最優美的一首田園詩。然而，詩、場景和田園詩究竟是什麼？我們在感受自然現象時，難道非得矯揉雕琢不可？

若是你讀了這段引言，指望我接下來會提出恢宏精闢的見解，那麼就上當了。引發我此番熱切感觸的，不過是個農村青年。我的講述將一如既往坑坑巴巴，而我想你照例也會認為我又誇大其辭了。這次又是在瓦爾海姆，瓦爾海姆總會發生光怪陸離的事。

有一群人聚在外頭菩提樹下喝咖啡；我覺得他們舉止不太合宜，藉故敬而遠之。

鄰舍走出一個年輕農夫，動手修理我最近坐著畫畫的那張犁。我喜歡他散發出來的氣質，於是上前攀談，詢問他的境況。我們就這麼認識了，沒多久，兩人便熟稔起來，就像我平時和他們這種人打交道的情形一樣。他告訴我，他在一位寡婦家幹活兒，對方待他不薄。年輕人講了她很多事情，讚不絕口，我不一會兒便察覺他鍾情於她。他說，她年華不再，且受盡前夫虐待，不想再嫁人了。但言談間明顯透露出寡婦在他眼裡有多美麗，多麼迷人，他深深渴望能夠雀屏中選，消弭前夫鑄下的錯誤和殘留的遺憾。我得一字不漏重述他的話，你才能體認他這個人純粹無暇的癡情、愛戀與忠心。是的，我必須擁有大詩人的文情，才能維妙維肖傳達他的表情神態、悅耳的聲調、熱情的目光。不，他整個氣質與神情所流露出的柔情密意，言語也不足以形容。由我複述出來的一切，只不過顯得十分笨拙罷了。他十分擔憂我會認為他與寡婦關係不正當，懷疑她的節操，這點我尤其感動。他談及她的容貌，談及不再青春鮮嫩卻仍強烈吸引著他的體態時，多麼引人入勝啊，我唯有在自己心靈深處才能加以重現呢。我這輩子，從未見過急迫的企盼、熱切的渴慕居然如此純淨，甚至可說想都沒想過、做夢也沒見過世間竟有如此的純粹。當我告訴你，一想起這種純潔與真實，我的心靈深處即燃起熊熊烈火；忠心不渝與柔情萬千的景象，也無時無刻浮現在我腦海，彷彿我也跟著熱情沸騰，牽腸掛肚，害起了相思，你可千萬別指責我呀。

我恨不得見她一面，旋又進而一想，或許還是不去得好。透過戀人的雙眼來看她，豈不更理想？她若真出現我眼前，或許不若現在我腦海裡的她，那又何苦摧毀美好的形象呢？

六月十六日

我為什麼不寫信給你？枉費你身為博學多聞之士。你該能猜到我生活愜意，一切安好，甚至是——簡單一句話，我認識了一個女孩，令我魂牽夢縈。我已……我說不清了。

要一五一十向你描述認識這位甜美可人兒的經過，實在是困難。我現在又快樂、又幸福，根本當不了優秀的紀實作家。

她是位天使！呸！哪個人不是這樣喚意中人呢，對吧？但我力有未逮，無法描繪她有多完美，又是什麼原因造就她如此完美；總而言之，我被她迷得神魂顛倒了。

她如此純真竟又如此聰慧，心地善良卻又剛毅堅強，嫻雅文靜卻也務實勤奮。但無論我怎麼描述，也都不過是空洞浮泛的討厭廢話，全然無法體現她的一絲一毫。改天好了——不行，不能改天，我得現在講，否則再也講不了了。我私下告訴你吧，我提筆寫這封信，中途差點擱筆三次，要人備馬上鞍，急奔出門了。然而，今早我發了誓，要自己不可騎馬外出。但我仍時不時走到窗邊，看看太陽還有多高。

我畢竟還是沒能克制住，非去見她不行。現在我回來了，威廉，我一邊吃奶油麵包當消夜，一邊給你寫信。看見她被一群活潑可愛的孩子圍著，也就是她的八個弟弟妹妹，我的心情是多麼歡欣啊！若我再這麼沒頭沒腦寫下去，你就算讀完信，也仍舊摸不著頭緒吧。聽好了，我會強逼自己把事情講得鉅細靡遺的。

我前陣子寫信告訴你，我認識了法官S，他邀請我早日造訪他的隱居處，或許說小王國會精確點。但是我沒把這件事放在心上，若非機緣巧合下發現隱藏在安靜鄉下裡的珍寶，我可能永遠不會上他那兒去。

當地的年輕小夥子籌辦一場舞會，我也欣然答應前往，並邀請一位善良敦厚的美麗佳人作為舞伴，不過除了善良，她可說平凡無奇。我們商定由我雇請一輛馬車，接送舞伴和她姑母一起前往舞會場所，途中順便接上夏洛特．S。「您將要認識一位漂亮的大家閨秀了。」馬車行經一大片砍伐過後的森林駛向獵莊時，我的舞伴開口說道。「請您要小心，」姑姑插嘴說，「千萬別愛上她了。」「為什麼？」我問道。「她已有婚約。」回答的人是舞伴。「對方是個規矩正派的年輕人，目前到外地料理父親身後事，也繼承了一筆豐厚的遺產。」我當時毫不在意此一消息。

抵達獵莊大門口，太陽約莫還有一刻鐘就下山。空氣悶熱潮濕，地平線上層層灰雲聚積，天色陰暗，暴雨似乎即將來臨，兩位女士憂心忡忡。我也隱約預感今晚的舞會有可能掃興，仍假裝自己精通氣象，胡謅一番，希望消除她們的恐懼。

我下了馬車，一名女僕走大門口，請我們稍候一會兒，說珞特小姐立刻就來。我穿過庭院，邁向精心建造的宅邸，再踏上屋前台階，走進宅門。就在此時，我生平見過最迷人的一幕景象，映入了眼簾。前廳裡，六個二到十一歲的孩子簇擁著一位婀娜多姿、容貌秀麗的女孩，中等身高，一襲素淨的白洋裝，袖口和胸前繫著粉紅色蝴蝶結。她手中拿著黑麵包，根據弟弟妹妹的年紀和食量，一塊塊切下，和藹地遞給他們。孩子們等不及麵包切好，小手老早就伸得高高的，一拿到自己的晚餐，全都天真爛漫高喊「謝謝！」，有幾個小孩蹦蹦跳跳跑開，性格比較沉穩的，拿了麵包後，則是靜靜踱到門口，探看幾個陌生人和即將接走珞特姊姊的馬車。珞特說：「請您原諒我，勞駕您跑進屋來，還讓兩位女士久等了。我忙著換衣裳、打點家務，竟忘了給孩子們張羅晚餐。除了我之外，他們不拿別人切的麵包。」

我心不在焉客套了幾句，心思全在她的面容、聲調和舉止上。等她進閨

房取手套和扇子，我才有時間從詫異中回過神來。孩子們在幾步開外瞅著我，其中老么的臉蛋最為可愛討喜，我朝他邁步走去，他往後縮了縮；路特此時走出大門，剛好看見這一幕，便說：「路易斯，跟這位表哥握個手呀。」小男孩落落大方與我握了手，我忍不住在他臉頰吻了又吻，無視他小鼻子上還掛著兩行鼻涕。

「表哥？」我向她伸出手時問道，「您認為我有這個福氣成為您的親戚嗎？」她俏皮一笑，說：「喔，我們表兄弟很多呢，若您是裡頭最差勁的一個，我可是會十分遺憾唷。」她臨走時，叮嚀十一歲左右的大妹蘇菲好好照顧弟妹，等爸爸騎馬散心回家後，向他問安。接著又囑咐孩子們要聽蘇菲的話，就像聽她的話一樣，有幾個孩子明確應好，但一個約莫六歲的金髮小女孩忽地多嘴說道：「可是她不是妳啊，珞特，我們比較喜歡妳。」兩個年紀最大的男孩已趁這時爬上馬車後頭，經我說情後，珞特才允許他們同行一段路，在進入森林前下車，條件是他們保證不吵吵鬧鬧，且手一定得抓穩。

我們剛一坐穩，女士們迫不及待寒暄了起來，她們談論彼此的服裝，對於帽子興致尤其高昂，也對晚點舞會上將見到的人品頭論足一番。珞特這時請馬車停下，要兩個弟弟下車，他們再次親吻姊姊的手，年約十五歲的大弟表現出符合年紀的溫文拘謹，另一個則吻得輕佻隨意些。她託他們再次問候年幼的弟妹後，我們接著上路。

姑母問珞特是否讀完前陣子送給她的書。珞特回答說：「沒有，我不喜歡內容，書可以還給您了。上一本也不怎麼好看。」我詢問是什麼樣的書？她回答的書名令我大感驚訝。[9]言談間，我發現她理解敏銳，自有主見，隨著一字一句，臉龐不斷散發嶄新的魅力與智性的光采。漸漸的，她察覺我十分懂得她後，整個人更顯神采奕奕。

「年紀輕一點時，我最喜愛小說了。週日，窩在小小的角落裡捧著書閱讀，全心全意浸淫在書中，感受珍妮小姐[10]的幸福與災厄，我真的非常開心唷！我也不否認，這類型的書仍對我有些吸引力，只是如今看書的時間不多，必須挑選符合興趣的才行。我最心儀的作家，是我能夠在他身上再度找到自己的世界，作品中描寫的事物就像發生在我周遭一樣，故事要趣味盎然，平易近人，猶如我的居家生活。當然，那並非天堂樂園，卻是難以描繪的幸福泉源。」

9 原註：基本上，並非每個作者都會介意一個女孩和一個心性不定的年輕人的評斷，但我們仍認為有必要姑隱其名，以免引發抗議。

10 譯註：應指法國作家瑪莉─讓．李柯波尼（Marie-Jeanne Ricooboni）《珍妮小姐傳》（*Historie de Miss Glanville*）中的主角。

我努力壓抑這番話在內心引發的騷動，然而效果不彰。一聽見她隨口談及維克菲德牧師[11]，談及ＸＸＸ[12]時鞭辟入裡，我實在無法自持，亦情不自禁不吐不快。過了半晌，洛特轉向兩位女士，我這才發現兩位瞠目枯坐一旁，遭到冷落。姑母不止一次嘲笑似地睇著我，但我絲毫不以為意。

話鋒一轉，大家聊起跳舞的樂趣。洛特說：「熱情若是種缺陷，我也一樣毫不諱言，我認為跳舞最有意思了。心裡煩悶時，在走音的鋼琴敲彈出一曲方陣舞，煩惱即刻一掃而空。」

★談話時，我始終凝視著那雙烏黑的眸子；生動的唇瓣、健康鮮嫩的雙頰緊緊抓住了我的靈魂，我沉浸在她妙言智語的奧義中，往往未聽聞她用來表達的字句。你應該能體會，畢竟你了解我。總而言之，馬車最後在舞會樓閣前停穩，我宛如夢遊似地下了車，恍恍惚惚迷失在周遭暮色茫茫的世界裡，幾乎沒聽見燈火通明的大廳流洩出的樂聲。

姑母和洛特的舞伴，奧德蘭和某某兩位先生，在車門口迎接我們，隨後分別挽走自己的女伴，我也領著我的舞伴步上台階。

我們跳起法國小步舞曲，旋繞舞動。我依次帶領女士跳舞，一位又一位，

11 譯註：指愛爾蘭作家奧立佛．高德史密斯（Olver Goldsmith）的小說《維克菲德的牧師》（*The Vicar of Wakefield*）

12 原註：在此隱去幾位本國作家之名。能獲得洛特贊許之意者，讀至此處，即能心領神會，其他人無須得知。

偏偏最不惹人喜歡的姑娘，往往最不懂得把手伸向下一位男士，結束舞蹈。珞特與舞伴也跳起英格蘭方陣舞，當她舞至我們這組，互換對跳時，你該能感受我簡直欣喜若狂吧。你真該看看她的舞姿！瞧啊，她全心全意浸淫在舞蹈中，肢體協調，無憂無慮，奔放不拘，彷彿跳舞就是一切，她別無所想，亦別無所感；此時此刻，萬事萬物想必全消失於她眼前了。

我邀請她跳第二輪方陣舞，她卻答應第三曲與我共舞，並用世間最為真誠的態度向我保證，她最喜愛跳德意志華爾滋，又說：「此地的規矩，原本配成一對的舞伴，跳德意志華爾滋時也須一起。我的舞伴舞技不佳，若能免了他這項差事，他會感激不盡。而您的舞伴不擅跳，亦不喜歡。方才英格蘭舞時，我看您舞姿精湛。若您想與我共舞一支德意志華爾滋，請徵得我舞伴的同意；我亦會向您的女伴招呼一聲。」我與她握手商定，並安排她的舞伴與我女伴在華爾滋舞期間談天說地。

開始！我們挽著手變換各種姿勢，樂不可支了好一會兒。瞧她的姿態多麼曼妙，多麼輕盈啊！接下來，華爾滋舞曲響起，舞者如星體繞行般旋轉穿梭。由於會跳華爾滋的人不多，場面有點混亂。我們腦筋轉得快，先讓那些

★中德文朗讀

笨拙者嬉鬧亂舞，等他們退出舞池後，我們才翩然起舞，和另外一對，亦即奧德蘭和他舞伴，一展身手，堅持跳完一整曲。我從未舞得如此輕快飛揚，完全不是個人了；懷裡擁著最可愛的人兒，領著她如狂風般婆娑飛旋，周遭一切彷彿全隱了形體。威廉呀，說實話，我暗自發誓，除我之外，絕不讓心儀的姑娘、愛慕的姑娘與其他人共舞，就算因此毀滅自我也在所不惜。你了解我的！

我們漫步在大廳裡，繞了幾圈，緩一緩氣。她接著坐了下來；我先前預留了些甜橙，而今卻剩一顆，不過仍舊發揮了很大功效，吃了令人精神一振。只是，珞特出於禮貌，一瓣又一瓣把甜橙分給旁邊一個不懂得客氣的女士時，我的心也跟著一次又一次像被扎了針。

我們在第三曲英格蘭舞中是第二對舞者。我挽著她的手，凝視她雙眸真摯流露出坦率純粹的歡愉（唯有上帝知道我有多心花怒放），我們跳過隊伍行間時，經過一位夫人面前，臉龐雖已青春不再，依然風韻猶存，和藹親切，遂而引起了我的注意。她笑盈盈注視著珞特，警告性地豎起一根手指，還在我們舞過時，意味深長地說了兩次「阿爾伯特」這個名字。

我對珞特說：「請容我冒昧一問，阿爾伯特是誰呢？」她正欲回答，不巧舞步正好來到大8字型交叉，我們不得不分開，再次擦身交錯時，我似乎在她臉上看見若有所思的神態。「實不相瞞，」她把手交給我，我們加入群舞前進的行列，「阿爾伯特是個正直的老實人，我與他已定了親。」這不是我初次聽到的新聞，因為在來的路上，兩位女士已經告訴過我；不過，卻又儼然是前所未聞的消息，因為我未曾把這件事與短時間內對我已彌足珍貴的珞特聯想在一起。夠了，我方寸大亂，魂不守舍，誤跳入另一對舞者當中，場面混亂失控，幸虧珞特不失冷靜，把我又拖又拉，總算迅速恢復了秩序。

舞會未竟，地平線上空早已閃現多時的閃電逐漸加劇，我本認為只是放電，然而雷聲卻已壓過了音樂。有三位姑娘嚇得跑出隊伍，舞伴緊追隨後。四下一片混亂，樂聲也止歇。歡樂之際，突臨變故或者駭然之事，樂極生悲，自然會比平時留下更加深刻的印象，一來對比太過鮮明，衝擊強烈，再者更在於，我們的感官已變得敏銳、開放，因此更容易接收印象。我見好幾位姑娘嚇得花容失色，原因不外乎於此。一位聰明的姑娘在角落背窗而坐，雙手捂住耳朵，有位姑娘跪在她面前，頭埋在她兩膝，還有個姑娘擠進她們兩人之間，淚眼婆娑，抱住兩位小姊妹。有幾位姑娘想打道回府，其他姑娘一籌莫展，惴惴不安向上蒼祈禱，沒有多餘心思阻擋年輕男伴膽大妄為的輕浮行徑，他們趁機吻走這些備受折磨的美人兒唇瓣念出的禱辭。幾位先生走到底下，安安靜靜吞雲吐霧。女主人靈光一現，吩咐大家進入一間有窗簾與百葉窗的廳房，沒人拒絕她的聰明主意。我們才一進房，珞特便忙著張羅把椅子圍成圓圈，等到大夥兒落坐，隨即提議玩個遊戲。

我看見有些人噘起小嘴，活動筋骨，希望獲得甜美的獎賞。「我們來玩數數兒！」她說。「現在，請注意了！我從右到左順著圓圈走，你們也依序報數兒，每人喊出輪到自己的數字，速度得如野火蔓延一般飛快。要是結巴或說錯了，就得吃耳光。依此數到一千為止。」這下可有好戲看了。珞特伸直胳膊，繞著圓圈走。「一。」第一個人喊出，鄰座依序唱和「二」、「三」，如此接續。接著，她加快速度，愈來愈快；這時，有人報錯了，啪！迎面就是一記耳光，鄰座笑得樂不可支，漏了節奏，同樣也被啪了一巴掌！我自己也吃了兩記，而且我發覺她下手打我的力道更重，心裡不由得暗自竊喜。廳室裡，笑聲滿堂，尚未數完一千，遊戲就在喧鬧中結束了。相熟的人退到一旁各自聊天。暴風雨早已停歇。我伴隨珞特走回大廳。途中，她說：「大家光顧著打耳光，忘卻了可怕的天氣和其他種種一切了！」我無話可回。她又接著說：「其實我最膽小。我假裝天不怕、地不怕，給人壯膽，自己最後也漸漸而勇敢了。」我們走到窗前。遠方雷聲隆隆，大雨淅瀝瀝打在大地，溫暖的空氣中，蒸騰出一股清新甘甜的芬芳，迎面襲來。她憑窗支頤而立，眺望原野，仰望天空，又凝視著我，眼裡已噙滿淚水。她把手放在我手上，說：「克洛普斯托克！」[13]我立刻想到此時浮現在她腦海裡的那首美妙頌歌；她這句口令，在我心中引發情感的洶湧洪流，將我淹沒。我再也把持不住，俯向她的手親吻著，臉上留下幸福的淚水。隨後，我望向她的雙眸。高尚的詩人啊！你真該看看她眼神中對你的崇拜啊！爾後，我再也不願意從他人口中聽到你那常受到褻瀆的名字了！

13 譯註：指菲德里希・哥特立伯・克洛普斯托克（Friedrich Gottlieb Klopstock, 1724-1803），德國感傷主義（Empfindsamkeit）的重要大詩人，深深影響歌德那個世代的年輕人。下文提及的頌歌為克洛普斯托克 1759 年發表的〈春之頌〉（Frühlingsfeyer）。

《少年維特的煩惱【德文直譯・唯美精裝】》

歌德著／管中琪譯／野人文化出版

輔大德語系×野人文化——德語文學聲音展合作計畫

【中德文朗讀】音檔 QR code 網址更新

第 14 頁	第 19 頁	第 22 頁	第 23 頁	第 43 頁
第 65 頁	第 66 頁	第 84 頁	第 103 頁	第 108 頁
第 120 頁	第 146 頁	第 147 頁	第 148 頁	第 161 頁 ❶
第 161 頁 ❷	第 170 頁	第 175 頁	第 203 頁	第 204 頁
第 207 頁				

六月十九日

我不記得上次跟你講到那兒了，只記得上床已是深夜兩點，也清楚知道我若非寫信，而是能當面與你閒聊，或許會把你留到天光明亮。

我尚未告訴你那天舞會後返家途中發生的事情，但今天也不適合敘述。那天的日出波瀾壯闊，美妙極了。森林裡，雨珠從樹上輕輕滴落，原野一片清新！我們的女伴打起盹來，珞特問我是否也想小憩一會兒，請我不用顧慮她。我凝視著她說：「只要妳的雙眸還睜著，我就不會犯睏。」我們就這樣一路未曾闔眼，抵達她家門口。女僕輕手輕腳開了門，對於珞特的詢問，她回答老爺和弟妹們都很好，也都還睡著呢。離去時，我請求她同意我當日再來探望，取得她首肯後，我便離開了。從這時開始，日月星辰依然運行不懈，然而我卻再也不辨白晝與黑夜，周圍的世界也全都消失了。

六月二十一日

這幾天，我過得幸福如意，猶如上帝保留給祂那些聖徒的美好日子。無論我未來際遇如何，也絕不會說自己從未感受過喜悅，那種生命最純粹的喜悅。你是知道我的瓦爾海姆的，我安頓在此，距離路特住所只需半小時路程，我在那兒感受到自我，經歷人世間的一切幸福。

當初我選擇瓦爾海姆為散步的目的地，怎料到天堂竟然近在咫尺！我長途信步而行時，有多少次一會兒從山上，一會兒從河畔，眺望對岸那座如今蘊藏著我所有願望的獵莊啊！

親愛的威廉，我浮想聯翩，深思人欲雲遊四海，探索新發現的種種欲望；隨而又思索內在的衝動，甘心囿於局限，寧可因循守舊，順應習慣，毫不關心左右兩旁出現的風景。

我來到此地，從山丘俯瞰秀華的谷壑，美景環繞，妙不可言。那兒是小樹林——啊，你盡可沒入樹蔭底下涼爽休憩！那兒是山巔之峰——啊，你盡可在此將遼闊的近郊盡收眼底！連綿不絕的山丘與雅致的谷壑——啊，令我流連忘返！我匆匆去而復返，未能尋獲我心希冀之物。噢，對於遠方的想望，就猶如展望未來一般呀。龐然巨大的朦朧，盤據在我們的心靈之前，我們的感受一如雙眼，在朦朧的整體中逐漸模糊。啊，但我們仍渴望奉獻生命，讓偉大而美妙的唯一感受所產生的幸福狂喜盈滿身心。唉，可是啊！一旦我們急忙奔向前去，當彼方變成了此地，那麼，一切將一如既往，我們依舊貧困交加，身陷狹隘的局限裡，心靈依舊渴望業已流逝的甘泉。

因此，飄泊不定的遊子，最終也仍心心念念著故鄉；在他的小屋裡，在妻子懷裡，在孩子圍繞下，在養家活口的勞作中，找到在遼闊世界未曾發現的歡喜。

清晨，我乘著魚肚白，漫步至瓦爾海姆，在客棧菜園裡親自採摘豌豆，坐下來去皮，間或讀讀我的荷馬。我在袖珍的廚房裡挑出一把鍋子，挖了杓奶油，加入鍋中香煎豌豆，再覆上鍋蓋，接著往一旁落坐，偶爾掀蓋翻炒幾下。這種時候，我眼前總活靈活現出現潘妮洛普[14]那些放縱傲慢的追求者，宰牛殺豬，驍然肢解，烘烤煎炸的情景。能將此種宗法社會的生活特質，自然而然融入自己的生活中（感謝上帝！），我內心盈滿純然寧靜的感受，此外

14 譯註：荷馬史詩《奧德賽》中的忠貞象徵，不理會他人追求，苦等丈夫奧德賽二十年。

無他。

我十分歡喜，因為我的心能感受到農夫將自栽的白菜端上餐桌時的單純喜悅。我不光享用了白菜，也在同一瞬間享受著種菜時的美好日子、晴朗的清晨，灑水澆灌時的可愛黃昏，以及看著作物茁壯的愉悅。

六月二十九日

前天，大夫從城裡來到法官宅邸，發現我和珞特的弟妹正倒在地上嬉鬧，有幾個在我身上爬來爬去，有的還淘氣捉弄著我，我搔他們癢反擊，引得他們放聲尖叫。這位大夫是個一板一眼的老頑固，說話時折起硬袖口，還沒完沒了捏扯著領口摺邊。從他緊皺的鼻子看得出來，他認為我的行為有失知書達禮之人的尊嚴。但我絲毫不以為意，任由他大放厥詞，逕自和孩子又搭起他們破壞掉的紙牌屋。他回到城裡後，四處抱怨法官的孩子原本就欠缺教養，如今又被維特寵得不成體統。

沒錯，親愛的威廉，人世間，孩子與我的心最為貼近。我在一旁觀察他們，在枝微末節中，見到他們有朝一日需要的種種德性與能力的濫觴；執拗中見性格的堅忍與剛毅；淘氣中見日後應對世間險阻的詼諧與豁達。我瞥見這一切全未經汙染，完整無瑕！每當此刻，我總不由得重複人類導師那句金玉良言：「你們若不回轉，變成小孩的樣式！」[15]然而當今，我的摯友啊，小孩原為我們同路人，應當視為典範，卻反而待之為下人，不許他們擁有意志！難道我們自己沒有意志嗎？我們憑什麼享有此番特權？就因為我們虛長幾歲，見識稍廣？仁慈的天父，祢眼中看見的只有年長的孩子和年幼的孩子，此外無他；至於祢從誰身上獲得更多快樂，祢的兒子已昭然揭示了。眾人信仰他，卻沒人聽從他的話——自古皆然！甚而還依據自己的想像教育孩子——再見了，威廉！我不想再多說蠢話了。

15 譯註：出自〈馬太福音〉十八章第三節：「說：我實在告訴你們，你們若不回轉，變成小孩的樣式，斷不得進天國。」

七月一日

洛特能給病人的慰藉，此點我感受深刻。她不在身邊，我的心比躺在病榻上備受病痛折磨還要煎熬。近日，她進城幾天，陪伴一位溫婉賢淑的女士。根據各方大夫診斷，這位夫人已來日無多，她希望臨終前洛特能在身邊陪伴。上個星期，我和洛特去拜訪某間聖教會的牧師，那是山裡偏處的一個小地方，約莫要一小時的路程。我們四點左右抵達，洛特還帶了二妹同行。我們踏入兩株高聳胡桃樹遮蔭的牧師莊園，和藹的老牧師坐在門前的長凳上，一見洛特，立刻精神抖擻，危危顫顫欲起身迎來，把樹節累累的手杖都給忘了。洛特連忙奔向前，勸請他坐下，隨後落坐他身旁，再三轉達她父親的問候，還抱起牧師髒兮兮的醜兒子逗著玩，那是牧師老年得來的寶貝。你真該看看她對老人的體貼！為著老人半聾的耳朵能聽得見聲音，她特地提高了音量；還給他講述有些年輕人身強體健，卻忽然意外死亡的事；談論卡爾溫泉的大好療效，稱讚他明年夏天前往卡爾溫泉的決定；最後還說他的氣色比上次見到紅潤，精神也飽滿許多。我則和牧師娘禮貌寒暄。老人家心情十分快活。胡桃樹落下濃濃綠蔭遮蔽陽光，我不由得讚美了枝葉扶疏的樹木一番，於是他興致一來，雖然話說得有些吃力，仍聊起了樹的故事。「那棵老樹，我們不知道是誰種的，有人說是這位牧師，有人說是那位牧師。但是後頭那棵年輕一點的樹與我內人同年，十月即滿五十歲。她父親早上種好樹苗，傍晚她便出生了。他是我前一任牧師，對此樹的喜愛不在話下，但我對樹的熱愛也不遑多讓。二十七年前，我這個窮大學生第一次走進莊園時，內人正在坐在樹下大木塊上編織。」洛特問起他的千金，他回道與施密特先生到牧場工人那兒去了，接著又往下說起故事，說道前任牧師和女兒對他逐漸產生好感，自己又怎麼成為他的副手，繼而又接任牧師一職等等。話語才落，牧師千金和那位施密特先生即穿越花園而來。她熱情歡迎洛特來到，態度真誠溫暖。我不得不說她給我的印象不差，是個機伶活潑、體態健美的褐髮姑娘，皮膚黝黑健康。能在鄉間和這樣的女子相處一段時日，應當樂趣無窮。但她的情人（至少他表現出此種姿態）文雅卻沉默，無論洛特如何誘他開口，就是不願意搭腔。我覺得鬱悶難解的是，從表情可察覺到他之所以不願開口，並非理解力不足，而是冥頑固執、性格陰鬱所致。到後來，他的表現可惜越發明顯了。我們一行人散步時，芙德麗克多半與路特並肩信步，偶爾也和我同行，只見那位先生本已淺棕的膚色此時明顯更加陰暗。因此，路特會適時扯扯我的衣袖，暗示我別對芙德麗克殷勤過頭。我最痛恨人與人兩相傾軋，年輕人錦繡年華，尤其本該敞開胸懷盡情擁抱歡樂，卻端出臭臉糟蹋了美好的時光，事後才認清自己把大好青春都給揮霍了，但是為時已晚了。我內心煩躁不耐。傍晚時分，大夥兒回到牧師莊園，坐在桌旁飲用牛奶，談起人世的苦樂，我逮住機會，大肆批判情緒惡劣這回事。「我們人啊，經常怨天尤人，哀嘆日子苦多樂少，但我認為這類抱怨多半沒有道理。我們若能敞開心胸，享受上帝賜予的良善與美好，便能擁有充沛力量，承受厄運的降臨。」「可是我們無能駕馭自己的情緒啊。」牧師娘說道。「那與身體的狀況息息相關呀！若是感覺身體不舒服，怎麼樣都覺得不對勁。」我同意她的觀點，而後繼續說道：「所以我們能否將之視為一種疾病，問道有沒有藥方可治呢？」「你說得有理。」路特說。「至少我相信多半取決於自己。我有切身體悟。我只要心情煩躁、怏怏不樂，便會跑到花園，哼幾首舞曲，邊哼邊跳，心中不快即可轉眼無影無蹤。」「這正是我所要表達的。」我說。「情緒惡劣與惰性是一丘之貉，根本可說是惰性的一種。習於怠惰是人之常情。然而，若一旦能鼓起勇氣振作精神，工作即可得心應手，並在勞動中獲得由衷的快樂。」芙德麗克聽得入神，年輕情人卻反駁我說，人總身不由己，尤其無能為力掌控情緒。我回道：「現在談論的問題是討厭的惡劣情緒，人人欲擺脫而後快的。何況不曾嘗試，如何明白自己的能耐？一旦患了病，定當遍訪名醫，即使醫囑嚴苛，湯藥苦口，為了獲得健康，也不會斷然拒絕。」我察覺真摯的老牧師費勁地豎耳傾聽，想要參與討論，於是抬高嗓門對著他說：「牧師傳道時往往譴責種種惡行，卻從未聽過有人在布道台上針砭情緒惡劣。」「這得由城裡的牧師來做，」老牧師說，「鄉下沒人情緒惡劣。不過，我偶爾在布道中談談也無妨，至少對內人還有法官有益啊。」眾人哄堂大笑，他也笑岔了氣，咳起嗽來，我們的討論暫時中斷了一會兒。接著，年輕人又開口說了：「我認將情緒惡劣歸之於惡行，未免過分。」「絕不過分。」我回答，「若是因此傷害了自己和身邊的人，便值得安上惡行之名。我們無法創造彼此的快樂還不夠，還非得相互剝奪內心間或產生的一點兒快樂嗎？請您告訴我，有誰明明情緒惡劣，卻有本事深藏不露，獨自受苦，而不會破壞身邊人的興致呢？或者，我們只不過是內心氣惱自身有所不足，所以嫌惡自己，而此種嫌惡往往伴隨著愚昧的虛榮心所激發的嫉妒？眼見他人的幸福非由我們所創造，才是我們難以忍受之處！」路特見我慷慨陳詞，滔滔不絕，嫣然而笑，芙德麗克雙眸泛著淚光，在在激勵我繼續說下去：「濫用權力操控他人的心情，剝奪對方發乎內心的單純快樂，這種人真悲哀呀。世上再多的禮物、再多的善意，也彌補不了被暴君殘忍的嫉妒心所摧毀的片刻快樂。」

言盡至此，我心中感慨萬千。昔日的回憶一幕幕掠過心頭，我不由得眼眶泛淚。

於是我忘情高呼：「你要每天告訴自己：賦予朋友快樂，促其幸福，與他們同喜同樂，才是唯一該對朋友做的事。他們的心靈飽受恐懼折磨，為憂愁不安所苦時，你有辦法給予他們一丁點兒的慰藉嗎？

「錦繡年華時為你葬送青春的情人，患了可怕至極的絕症，臥病在床，奄奄一息，眼神空洞楞視著天，慘白的額頭涔涔滲出死亡的汗珠。而你彷彿一個罪人，佇立在她病榻前，深深明白即使自己竭盡全力，也無力回天。恐懼啃蝕著你的內心，你會願意傾家蕩產，只求將一點力量、一絲勇氣，貫注給行將就木的人。」

一幕我親身經歷過的類似回憶，在說話的當兒猛然襲來。我趕忙掏出手巾遮著眼睛，起身離座。珞特朝我喊道：「我們該走了。」聽到聲音，我總算恢復神智。回程中，她責備我太感情用事，這樣會毀了自己！要我懂得愛護自己！喔，天使！為了妳，我必須活下去！

七月六日

她一直照護著油盡燈枯的朋友，始終是嫻淑貼心的可人兒，目光所及之處，痛苦減緩，歡喜頓生。昨晚，她和瑪麗安娜以及小瑪爾馨外出散步，我知道了這事，就到路上去見她們，一起散步。一個半小時後，我們往回朝城裡走，路過我十分珍視而今更是千倍珍重的泉水。珞特在矮牆坐下，我們在她面前站著。我環顧四周，啊！我心孤單寂寥的那段時光又歷歷在目了。「親愛的泉水呀，」我說道，「那次以後，我不再於你一旁乘涼，幾次匆匆而過，也未曾抬眼望你一眼。」我往下看，瑪爾馨正忙著端一杯泉水走上階梯。我轉眼凝望著珞特，心中盈滿對她的情感。這時，瑪爾馨端著杯子上來，瑪麗安娜想接過水。「不行！」小女娃兒大叫，模樣兒甜美可愛極了。「不行，要先給珞特喝。」她童言童語中的真情與好意，聽得我樂不可言，不知該如何表達心中的感動，遂把她從地上抱起來，一個勁兒親吻，未料她卻放聲尖叫，哭了起來。「看看你闖了什麼禍呀！」我驚訝得不知所措。「來，瑪爾馨。」她又說，一邊牽起小女孩的手，走下階梯。「用乾淨的泉水洗洗臉，快洗，快唷，洗完就不打緊了。」我呆立原地，看著小女孩捧起水，不斷搓揉著小臉頰，深信神奇的泉水能夠沖掉一切不潔，免去丟人現眼，長出醜陋的鬍鬚。就算珞特說行了，小女孩仍舊使勁洗著，彷彿多洗總比少洗好。我告訴你，威廉，以前我從未懷著那麼強烈的敬意參加過一場洗禮儀式。珞特走上來時，我恨不得拜倒她面前，就像匍伏在一位解除民族罪孽的先知跟前。

傍晚，我實在喜不自勝，忍不住把事情告訴了一位聰明睿智之士，我認為他應善解人意，沒想到卻碰了個軟釘子！他說珞特的做法有欠妥當，不該愚弄小孩，此類謊話將滋生無數謬誤與迷信，應及早預防孩子接觸。當下，我忽地想起此人八天前才剛受了洗，故不把他這番話當一回事，內心始終只堅信一個真理：對待孩童，應如上帝待我們一樣，我們最感喜悅之際，便是祂任由我們沉浸在愉快的幻覺中之時。

七月八日

男人真像個孩子！她那一瞥多令人渴望啊！男人真像個孩子呀！我們一同去了瓦爾海姆。女士們乘車前往。我們漫步閒逛時，我覺得珞特烏黑的眼眸中蘊含著——我真是個傻子，原諒我！你真該看看那對眸子——長話短說，因為我現在睏得眼皮要闔上了。女士們上了馬車，年輕的W．賽爾斯塔、奧德蘭和我，圍站在馬車旁，她們把頭探出車門外，和小夥子談笑風生，這幫小夥子態度自然是活潑輕佻的。我尋覓著珞特的雙眸！那雙眼從這個流轉到那個人身上！看我！看我！看我！我杵在那兒，眼巴巴只瞅著她的雙眸，她的目光卻始終沒落在我身上！我在心中向她道別了千百次！她就是沒看我一眼！馬車駛離了，淚水湧上我的眼眶。我望著馬車逐漸遠去，看見洛特的頭飾露出車窗口，她回頭往後看。啊！在看我嗎？親愛的老友！我的心胡猜亂想，沒有把握。但或許她是回頭看我的呀！也許是吧！這樣一想，我不無感到欣慰。晚安了！唉，我真是個孩子！

七月十日

聚會中，若有人提起她，我便顯得笨頭笨腦，你真應該瞧瞧我的蠢樣！尤其是有人問我喜不喜歡她的時候！喜歡？我恨死這個說法了。只是喜歡洛特，而非全心全意付出，投注所有情感，這是個什麼樣的人啊！喜歡！近來還有人問我是否喜歡莪相[16]呢！

16 譯註：Ossian，蘇格蘭詩人（James Macpherson，1726-1796）史詩作品《莪相頌》（*Die Gesänge des Ossian*）中的盲眼英雄與歌者。據傳莪相為三世紀時的愛爾蘭詩人。

七月十一日

M夫人病情嚴峻，我為她祈禱，分擔珞特的痛苦。我難得在一位女性友人家看見珞特，她今天對我講了一件怪事。M老先生是個利慾薰心的吝嗇鬼，折磨了妻子一輩子，處處限制她，但妻子總曉得如何見招拆招，化解困境。幾天前，大夫宣判她時日無多，於是她找人請來丈夫（珞特當時也在場），對他說：「我得向你坦白一件事，否則我死後，家裡可能會出亂子，惹出麻煩來。一直以來，我操持家務，盡己之力照料得井然有序，並且勤儉持家。只不過，你要原諒我，三十年來我始終欺騙你。成親之初，你規定了一小筆費用作為伙食費與家務支出。可是，後來家計日漸繁重，產業逐漸擴大，也無法說動你相對應提高每週的家計費。總之，你心裡也明白，在開銷最繁重的時候，你仍舊要求我只能花費七古爾盾幣支付一週生活費。我毫無異議收下了錢。不過，我會從每週收入中拿錢填補不足的部分，反正沒人料得到女主人竟然會從錢櫃裡偷錢。我絲毫沒有浪費一分錢。要不是想到之後接掌家務的女子可能茫然無措，而你硬是堅持前妻僅憑這點錢即可持家，那麼即使我不坦承這件事，也能心安理得闔眼安眠。」」

我和洛特討論人竟可盲目至此，著實不可思議，僅以七古爾盾應付兩倍的開支，心中卻不興一絲懷疑，居然沒想到或許事有蹊蹺。不過，我自己也認識一些人，以為自家擁有先知取之不竭的小油罐，絲毫也不覺得訝異！

七月十三日

不，我並非在蒙蔽自己！我從她烏黑的雙眸裡讀出了，她確實同情我與我的命運。沒錯，我感受得到，而我相信自己的心沒錯，她——喔，可以嗎？我可否說出這幸福無比的字句呢？——她愛我！

她愛我！自她愛我以來，我即感覺自己價值匪淺，十分崇拜自己！我這話對你說無妨，因為你懂的。

這是異想天開，抑或是對實際狀況的感受呢？我不知道洛特心中有誰是我該畏懼的。然而，每當她提及未婚夫，語多柔情密意，我即猶如一位榮耀與尊嚴遭到剝奪的人，甚至連配劍也被撤走了。

七月十六日

★當我的手指無意間輕觸到她的手，我們的腳在桌下不經意碰到時，我的血液瞬間沸騰洶湧！我彷彿觸了火，手倏地縮回，但一股神祕力量又把我給吸引回去。我的感官攪得七葷八素，整個人飄飄然。噢，她純真無邪，靈魂自由奔放，全然未感受到自己親暱的小動作把我折磨得有多苦。她說話時把手覆在我手上，為了好講話，甚至還靠得我很近，雙唇吐出天堂般的清香芬芳在我的唇上輕拂而過——我覺得自己彷若遭受暴雨襲擊，整個人要沉下去了。威廉啊！要是我斗膽把這天堂、這份信任……！你了解我的意思。不，我的心並未墮落至此！懦弱！十分懦弱罷了！但這難道不正是一種墮落嗎？

她在我心中光輝又聖潔，七情六欲在她面前全都噤聲沉默。待在她身旁，我不知道自己怎麼回事，彷彿心靈全給神經扭曲顛倒了。她有首曲子，

★中德文朗讀

每每都以天使之力在琴鍵上彈奏，如此單純、情感如此豐沛！她奏起這首心愛的曲子，才按下第一個音符，我一切的痛苦、迷惘與瘋狂念頭便隨風而逝。

我堅信音樂擁有古老魔力的種種說法，這首旋律簡單的頌歌深深打動了我。而她往往懂得在我想給腦門吃顆子彈時，適時彈唱此曲！隱匿在我心中的混亂和晦暗，轉瞬間隨著樂音煙消雲散，我又能呼吸自如了。

七月十八日

★威廉，世間若無愛，我們的心靈將成什麼模樣呀！沒有光的神燈，又成何體統！但你把一盞小燈放進去，白牆上隨即映照出繽紛絢爛的景象！那雖無非是稍縱即逝的魅影，然而，只要我們像青澀少年似的立於其前，沉醉在奇妙的幻象中，仍舊會感到快樂的。今天有個聚會把我給絆住了，怎麼樣也推辭不掉，所以無法去探望珞特。怎麼辦？我差遣了小廝過去，就為了身邊有個人今天曾經親近過她。我心急如焚等他回返，一見著他便欣喜若狂！

★中德文朗讀

要不是我害臊，早抱住他的腦袋狂吻了。

據聞有一種波諾納石，放在太陽底下，能夠吸收日光，在夜裡暫時綻放光芒。這小廝就是我的波諾納石。她的目光曾經逗留在他臉龐、面頰、上衣鈕扣和大衣領子，這一切頓時顯得神聖非凡、價值匪淺！這一刻，就算有人出價一千塔爾要帶走小廝，我也不願意。在他身邊，我感到莫名的幸福啊。求主保佑，你可千萬別笑我。威廉，我們感到幸福愉快會不會是種魅影呢？

七月十九日

「我要見到她了！」我清晨醒來，神清氣爽迎視燦爛的朝陽時，總會喊道：「我要見到她了！」這一整天，我再也無所求了。一切，所有的一切，全纏繞著這個期望了。

七月二十日

我不贊同你們認為我應該同公使前往某地的看法。我不甚喜歡做人部屬，況且那人神憎鬼厭，眾所周知。你說我母親希望我找點活兒做，我實在忍俊不禁。我不正在幹活兒嗎？基本上我數的是豌豆或者扁豆，不都是同一回事？世間一切，到頭來無非只是些芝麻瑣事。若非出於自身的熱情與需求，而是一味迎合他人，賣命汲汲營營，爭名奪利，那麼無非是個傻子罷了。

七月二十四日

你殷殷切切，生怕我荒廢了作畫，但我寧可不談，也好過向你坦承自那之後我已很少拿起畫筆了。

我感受到了前所未有的快樂，對於大自然，小至一石一草，也從未湧現如此豐沛與真摯的情感。然而，我不知道該如何表達才好。我的想像力乏弱貧瘠，在我的心靈之前，一切全都漂漂浮浮、搖搖晃晃，摸不透輪廓。不過我有自信，手邊若有黏土或蠟，就能清楚捏塑出來。這個念頭倘若縈繞在腦中的時間夠久，我真會拿起黏土，又捏又揉，即使只捏出了糕點也無妨！

我動手畫了三次路特的肖像，但三次都獻醜了。由於我之前畫得維妙維肖，因此心裡頭更是怏怏不樂。我後來畫了她一幅剪影，姑且聊表慰藉。

七月二十六日

好的，親愛的路特，我會妥妥當當打理好一切，妳儘管吩咐，多多益善。唯有一事相求：別為了乾燥墨跡，而在寫給我的字條上撒沙子。今日我匆匆忙忙將妳的字條印在唇上，沙子磨得牙齒嘎吱作響。

LEROUX

七月二十六日

我好幾次下定決心，不要頻繁去見她。但沒錯，有誰能忍得住呢！我總敵不過誘惑。日復一日，我慎重其事承諾自己明天別再去了，然而天光一亮，我又找到非去不可的理由，不知不覺間，便已到了她身邊。或者，傍晚她問道：「你明天會來吧？」誰能抗拒得了？要不就是她委託我辦事，我認為親自上門答覆結果才得體。或者，風和日麗，天氣好得不得了，我信步前往瓦爾海姆，一到了那兒，距離她家莊園也不過才半個小時啊！我既然近在咫尺，於是彈指之間，就到了她跟前！祖母一個講過磁石山的故事：船隻一旦太靠近磁石山，鐵器一下子全會被吸走，釘子朝山飛去，不幸的遇難者紛紛喪生於層層疊疊的船板之間。

七月三十日

阿爾伯特回來了，我要離開了。就算他是位高貴良善的好人，就算我已有心理準備自己各方面或許相形見絀，但見他擁有完美無瑕的珍寶，我依舊無法忍受呀。——擁有！——夠了，威廉，未婚夫回來了！一位誠懇可親之人，無法不對他興起好感。幸好接風時我人不在場！否則會難過心碎的。他倒也正派厚道，不曾當著我的面親吻珞特。願主賜福於他！光憑他尊重這位姑娘，以禮待之，我便不得不喜愛他。他待我親切友善，但我猜想多半應歸功於珞特，未必出於真心。畢竟女人對此較為敏銳，而且自有道理的。即使不易辦到，但兩位愛慕者若能和睦相處，受惠的一方永遠是女子。

不過，我無法不對阿爾伯特升起敬意。沉靜穩健的外表，與我無法掩藏的躁動不安性格有如天壤之別，對比鮮明。他感覺敏銳，深知自己在珞特心中地位。他顯然脾氣不壞，而你也知道，壞脾氣是人身上我最深惡痛絕的罪惡了。

他視我為通情達理之人，閱歷豐富，因此我對珞特的傾慕，因她一言一行所展現的真心喜悅，反而加深他的勝利感，對珞特的愛意也就更深了。他是否曾因醋意大發而折磨她，這事暫先撇開不論了。換做我是他，絕對難逃嫉妒這個魔鬼的蠱惑。

無論如何，我待在珞特身邊的快樂時光已然遠去！該說是愚蠢抑或昏盲呢？——然而正名又有何意義，已是既成事實了！——如今我知悉的一切，在阿爾伯特回來前早已知曉。我明白自己無權對她有所要求，也從來不曾要求過。換句話說，儘管珞特親切可人，我仍盡量不興起渴望。如今真來了另一個人，奪走了姑娘，我這個傻子只有乾瞪眼的份兒。

我咬緊牙關，譏笑自己，而對於要我接受命運認清現實的人，我更是兩倍、三倍譏諷之，因為他們認為事已至此，無法改變了。這些腦袋空洞的草包，全給我滾到一旁去！我在林子裡亂走一陣，到了珞特那兒，阿爾伯特正陪伴她坐在花園涼亭裡，我無法再往前一步，於是調皮嬉鬧，胡天胡地，盡做蠢事。「看在上帝的分上，」珞特今日對我說，「求求你，別再惹出昨晚的鬧劇了！你只要一插科打諢，就可怕得嚇人。」對你說句內心話，我會抓緊時機，趁他一出門，咻地！立刻衝去。見她隻身一人，心裡總是歡欣雀躍。

八月八日

親愛的威廉，求你行行好，我痛罵那些要求我們得聽天由命的人，絕非是針對你呀。我著實沒料到你竟有類似見解。基本上，你說得沒錯，只有一點，我的密友，亦即世間罕有事情是「非此即彼」的。情緒感受與行為模式一如陰影明暗，變化豐富多端，猶如鷹勾鼻與獅子鼻之間存在眾多不同的差異。因此，我雖同意你的整體見解，卻希望逃過你「非此即彼」的兩難處境，你想必不會怪罪我吧。你說：「要嘛大有指望贏得珞特，要嘛就毫無希望。若是前者，便勇往直前，實現願望。如果不是，那麼趕緊擺脫損耗氣力的不幸情感吧。」好友呀！你說得沒錯，但是說得真輕鬆呀！你能勸一位久病受罪、命懸一線的不幸者，索性拿匕首一刀刺死自己，結束痛苦嗎？蠶食掉他氣力的疾病，不正也剝奪了他擺脫折磨的勇氣嗎？當然，你可拿類似的譬喻來回答我：有誰寧可膽怯躊躇，拿命冒險，而不想斷臂求生呢？我不知道！我們別再緊咬著譬喻兜圈子了。夠了。是的，威廉，我偶爾也會在瞬間湧現振作精神、擺脫一切的勇氣。但那時候要是知道該往何處，我早已前往了。

八月八日　傍晚

日記遭受我冷落多時，今日再度拿在手中翻閱，我不禁瞠目結舌，明明心知肚明，竟又一步步越陷越深！我對自己的處境看得很清楚，卻始終表現得像個孩童。現在，我依舊看得清清楚楚，但事情仍無改善的跡象。

八月十日

我要不是蠢得可以，生活其實可以過得十分稱心如意、幸福愉快。我目前就處在心怡神悅的情境中，而要具足這麼多的美好條件，實屬難得。我們的幸福由心境決定，一點兒也沒錯。我是這個可親家庭的一員，老人家愛我如子，小孩愛我如父，更遑論珞特了！還有真誠的阿爾伯特，從未露出惡劣情緒壞我幸福，反而誠懇待我有如好友。世上除了珞特，我就是他最喜愛的人了！威廉，聽我們兩個邊散步邊聊起珞特，是一大樂事啊。我倆的關係是世間最荒謬可笑的了，但我往往為此感動得熱淚盈眶。

他談起路特端莊嫻淑的母親，說她在病榻上把家和孩子交代給路特，把路特託付給他；路特從此以後如何變成了另一個人，戰戰兢兢操持家務，照顧弟妹，儼然成為一位真正的母親，無時無刻不心繫家人，勤奮工作。儘管如此，路特仍不失樂觀開朗的本性。我就這樣與阿爾伯特並肩而行，沿路摘採花朵，精心紮成一束花，然後，將花束拋入流經面前的小河，凝視著它緩緩漂流而去。我忘了是否提及阿爾伯特將會定居下來，他接受了爵府一份薪俸優渥的職位，大受器重。我難得見到工作像他這般孜孜不倦、有條有理的人。

八月十二日

阿爾伯特確實是天底下第一好人。昨日我倆之間發生了一件不可思議的事。我一時心血來潮，想要騎馬入山（我現在即是在山裡給你寫的信），於是去找阿爾伯特，向他道別。我在居室裡走來走去，目光不經意落在他的手槍收藏上。我說：「槍借給我吧。讓我路途中使用。」他道：「若你不嫌裝彈得花工夫，請便。我把槍掛在這裡，不過是擺飾罷了。」我拿下一把槍，他又繼續道：「自從我一次謹慎過頭，出了岔子後，就不想再和這玩意兒有所牽連。」我十分好奇怎麼回事。他娓娓道來：「我曾在朋友家住了三個月，身邊兩把小手槍未裝彈，夜裡也照樣睡得安穩。一個陰雨綿綿的午後，我閒來無事，不知為何忽地起了個念頭：我們可能遭人襲擊，手槍或許派得上用場，可能需要——你知道怎麼一回事。於是我把槍交給僕人，要他擦拭清潔，裝填子彈。結果他揮舞手槍和女僕鬧著玩，想嚇嚇她們，卻不知道怎麼回事，手槍竟然擊發，射出還在膛裡的通槍條，擊中一位女僕的右手根部，打斷了大拇指。我得忍受女僕哭哭啼啼不停抱怨，支付醫藥費，從那時起，我就不再給槍枝裝填子彈了。親愛的朋友，謹慎為上有何用？危險可無法預見呀！然而……」現在，你一定知道我十分喜歡這個人，但是不包括他的「然而」在內了。凡常理亦有例外，這不是昭然若揭之事嗎？此人卻力求精準，面面俱到！只要覺得自己說出口的話思慮欠周、膚淺浮泛、模稜兩可，就會沒完沒了加以修飾、改正、補充、刪除，到頭來反倒變成什麼意思也沒表達出來。眼下他就這樣越講越冗長，我末了也不再聽他說話，莫名陷入陰鬱，腦中興起怪異的念頭，下一瞬間，已粗暴地把槍口抵在右眼上方額頭。「哎呀！」阿爾伯特猛然奪走我手中的槍，「這是幹什麼呢？」我說：「槍又沒上膛。」「即使如此，也不該這麼做！」他口氣很不耐煩。「我無法想像怎麼有人蠢得想射死自己！光有這個念頭，即令我反感。」

「你們這些人啊，」我抬高了音量，「一談到事情，非得立刻說：『這真愚蠢、這真明智、這真好、這真糟！』這一切究竟要表達什麼呢？你們是否探討過行為背後的來龍去脈，是否釐清了事發原因，明白為什麼會發生、為何又必然會發生？若曾深入了解，就不會貿然妄下評斷了。」

阿爾伯特說：「你不得不承認，有些行為的發生，不論動機為何，本身即是種罪過。」

我聳了聳肩，認同他說的話。「但是，親愛的好友，」我繼續說，「仍舊有些例外的。沒錯，偷竊是種罪。然而，倘若為了拯救自己和親人免於餓死才出手行竊，該是要同情他，還是應給予懲罰？一個丈夫義憤之下殺死不貞妻子與卑鄙姦夫，誰會撿起第一顆石頭砸死他？或者拿石頭丟那個在極樂時刻，被愛的歡愉沖昏頭的女孩？即使是我們的律法，那些冷酷無情且吹毛求疵的道學家，也會深受感動，不給予懲罰的。」

「這完全是兩回事。」阿爾伯特回答，「一個人受到激情驅策而喪失思考能力，只能視之為醉鬼、瘋子。」

「你們這些理智的人啊！」我笑著嚷道。「激情、酒醉、瘋狂！你們如此冷眼旁觀，置身事外，你們這些高風亮節的人呀！痛責酒鬼，嫌惡瘋子，你們就像那個祭司一樣視若無睹走過，像那個感謝上帝的法利賽人一樣，感恩祂沒將你們打造成酒鬼、瘋子。我曾經多次喝醉，我的激情逼近瘋狂，但我從未因此後悔過。我從自己的經驗中習得，凡是成就偉大志業、完成不可能之事者，皆是絕倫超群之人，而他們一直以來都被罵是醉鬼、瘋子。

「尋常生活裡，只不過看到有人舉止較為奔放、高尚、出人意表，就在背後罵道：『這個人酗酒，這個人瘋瘋癲癲的！』實在讓人忍無可忍。你們這些理性分子，真該覺得丟人！慚愧啊，你們這些聖徒賢人！」

阿爾伯特說：「你又異想天開了。你凡事都太偏激。至少有一點你錯了，你把現在談的自殺相比成偉大的行動，但自殺其實不過是種懦弱。與其堅強忍受人生的痛苦摧殘，尋死顯然輕鬆多了。」

我不想再談下去了。我真心誠意發出肺腑之言，對方卻以虛浮的泛泛之語回應，這比其他言論更使我怒火中燒。不過，畢竟我早已聽慣了這一套，也已屢屢火冒三丈，因此我能按捺住自己，回答他時，口氣只是稍微激動：「你稱那是懦弱？求求你，別被表象給蒙蔽了。一個民族遭受暴君慘無人道的壓迫，悲歎呻吟，最後憤而抵抗，掙脫枷鎖，你能說他們懦弱嗎？一個人見家舍將淪陷火海，大驚之下鼓足全身氣力，輕而易舉搬走平時情緒平穩時無法移動的重物；一個人受到侮辱而勃然大怒，竟以一擋六，且制伏了對手，這也叫做懦弱嗎？還有，好友啊，若說竭力抵抗是種堅強，為什麼偏激誇張就是懦弱呢？」阿爾伯特凝視著我說：「你別見怪，但你舉的例子似乎與我們談論的內容相去甚遠。」「或許是吧。」我說。「別人也經常指責我的聯想與推演有時近乎荒謬不經。那麼，我們就換個方式，看看能否設想一下，決定要拋棄平日還算愉快的人生重擔的人，會有什麼樣的心境。唯有升起同理心，感同身受，才有資格談論事情。」

我接著又說：「人性有其局限，能夠承受一定程度的樂、苦與痛，可是一旦越界，就會毀滅。這並非堅強或懦弱的問題，而是在道德上或肉體上，能夠忍受痛苦到什麼程度。若說了結自己生命的人是懦夫，實在奇怪，就像認為一個死於惡性熱病的人是膽小鬼一樣不得體。」

「荒謬！太荒謬了！」阿爾伯特提高了嗓門。我回道：「沒有你想的如此荒謬吧？人體一旦遭到疾病嚴重侵害，導致氣力耗弱或失能，病情無法好轉，也不能透過幸運的奇蹟恢復生命的日常運作，這種疾病我們稱之為絕症，你該也同意吧？

「現在，親愛的朋友，我們將此看法轉移到精神層面。且看人因自身的局限，如何受到外來印象的影響，觀念又如何深植在腦中，導致激情日益高漲，終而奪走他冷靜的思考能力，走向滅亡。

「即使有冷靜理性之人對不幸者的境遇一目了然，也是枉然；要想勸服對方，一樣徒勞！就猶如身強體壯的人站在病床前，也絲毫無法將自己的氣力灌輸給病人一樣。」

阿爾伯特覺得這番話太籠統。我於是提起不久前被人發現命喪水底的姑娘，把她的故事又講了一遍：一個善良的少女，生長在單純的環境裡，週週操持一成不變的家務。週日時，配戴自己攢累下來的服飾，與女伴到郊外散步，或者逢年過節參加慶典跳跳舞，要不則和鄰居起勁聊著別人家發生的口角爭執與流言蜚語，一談就是好幾個小時。她的生活樂趣僅是如此，此外沒別的了。終於，她活潑火熱的本性感受到了內在的需求，一遇到男人殷勤奉承，需求遂而更為強烈，以前的快樂逐漸索然無味。後來，她遇見一位男子，心中湧現前所未有的情感，無法自拔迷戀上他。她把一切希望寄託在他身上，忘掉了周遭的世界，耳裡所聽，眼裡所見，心裡所感，在在只有他，思思念念唯有他一人。平日空洞的樂趣雖滿足了變化無常的虛榮，但並未腐壞她的心，她一心一意邁向目標，想要成為他的人，想要共結連理，在永恆中找到她缺失的幸福，享受她渴慕的歡樂。對方再三允諾的誓言，使她深信願望一定會成真；大膽的愛撫，熊熊熾烈她的欲望，征服了她的靈魂。她漂浮在含糊恍惚的意識裡，陷溺在快樂的預感中，亢奮到了極點，最後終於展開雙臂，擁抱所有的希望。結果，心愛的人竟棄她而去。她呆若木雞，失魂落魄立於萬丈深淵之前，周圍一片陰鬱晦暗，沒有未來，沒有安慰，沒有感受！

那個唯一使她感覺到自己活著的人，將她遺棄了。她看不見眼前寬廣的世界，看不見還有許多人能彌補她的損失，她感到自己孑然一身，無依無靠。內心巨大的痛苦逼得她走投無路，她不加思索，盲目地縱身一躍，以求一切苦難能窒息於死神的懷抱裡。你看，阿爾伯特，有些人的際遇就是如此！你說這難道不是種病嗎？人性找不到出口離開脫序、矛盾的迷宮，終究唯有死亡一途。

「有些人只會袖手旁觀，冷言冷語說：『傻姑娘！要是再等等，時間就能帶走她的絕望，一定會找到另一個男人來安慰她。』這種人活該遭殃吧。那就猶如有人說：『這個傻子，竟死於熱病啊！他要等一等，等到恢復氣力，精神狀況改善，血液循環穩定，一切就會好轉，到現在都還活著呢！』」

阿爾伯特顯然聽不懂這個比喻，又提出反駁，其中一點是：我談的只不過是個不諳世故的姑娘，若換成是頭腦清楚的人，見多識廣，便能看清更多關係脈絡，他不懂有何必要該原諒這種人。「親愛的朋友啊，」我嚷道，「人畢竟是人呀。一旦激情咆哮怒吼，又受制於人性的局限，人類那一丁點兒理智若不是作用不大，就是根本派不上用場啊。毋寧說是——下次再說了……」

我邊說邊拿起帽子。噢，我的心裡感觸良多呀。我倆尚未理解彼此的想法，就道別離開了。在這世界上，要了解另外一個人談何容易啊。

八月十五日

★對人來說，世上最不可或缺的無疑就是愛了。我從珞特的舉止感覺到她不願意失去我，孩子們也一心一意想著我明天仍會如常出現。今日，我過去幫珞特的鋼琴調音，但這事沒辦成，因為小孩纏著我講童話故事，珞特也要我隨了他們的意。晚餐時，我幫他們切麵包，他們開開心心接過，幾乎就像從珞特手中取走似的。餐後，又給他們講那位被牆上長出的手服侍的公主，他們百聽不厭。我從講故事當中收穫了許多，絕對沒騙你。此外，我十分驚訝他們竟對故事一清二楚。我講故事總會加油添醋，第二次時忘了某些細節，他們即刻指出上次不是這回事。我只好反覆練習，吟唱似地把內容背得滾瓜爛熟，一字不差。我從此事體會到，即使作家再版時將故事修改得更

★中德文朗讀

具詩意，依舊損害了作品。因為我們總是喜歡第一印象的。再怎麼荒誕不經也會信以為真，馬上牢記在心，這是人的本性。若有人想將之消除或者抹滅，只是自討苦吃罷了！

八月十八日

人的幸福之源日後必然變成不幸的淵藪，難道當真如此嗎？

生氣蓬勃的大自然，在我心中傾注滿滿的暖意，滿溢的雀躍欣喜將我淹沒，周圍的世界成了天堂。如今，這份感受化作一個不堪忍受的虐待者，一個糾纏不休的鬼魅，從四面八方追獵著我。以前我佇立在崖石上，眺望河岸丘陵間的豐饒山谷，萬物生機盎然，欣然茁壯。我望見茂密參天的林木，從山腳到山巔覆滿群山；秀麗的樹林，在百轉蜿蜒的谷壑投下綠蔭；平緩的河水，徐徐流過沙沙低語的蘆葦叢，倒映著柔和晚風輕輕吹來的朵朵白雲。我聽見林間百鳥啼囀，熱鬧喧譁；萬千蚊蚋在夕陽紅霞中縱情飛舞；落日顫顫閃動最後一瞥，釋放出草叢間唧唧啾啾的甲蟲。四方的喧騰與擾攘，又引我注意到地面，苔蘚從我腳下堅硬的岩石奪取養分，低矮灌木在貧瘠的沙丘往下蔓生。一切的一切，無一不向我揭開大自然內在熾熱而神聖的生命力。我將這一切全融入我溫暖的心靈，身處在豐沛浩繁裡，感覺自己宛如受到萬千寵愛。無窮無盡的世界中，眾生千姿百態，瑰麗美妙，在我性靈中栩栩如生活躍著。高山峻嶺坐落四方，深淵橫臥眼前，暴漲的溪水奔瀉而下，林與山簌簌和鳴。我望見不可思議的各色力量，在地底深處交相作用，生生不息。天與壤之間，萬生萬物聚集成群，無處不見千般萬樣的生物分布。反觀人類，為求安全，巢居在窄屋裡，還自以為主宰了廣袤世界！可悲的傻子！你因卑微渺小，故而藐視一切！高不可攀的崇山峻嶺，人跡杳然的荒野，默默無名的海洋盡頭，處處吹拂著永恆造物者的精神，受其潤澤而活的微塵，無一不歡欣雀躍。啊，當時我多渴望能乘著翱翔上方的大鶴之翅，飛往深不可測的海洋彼岸，從這無邊無際泡沫翻湧的杯裡，汲飲一口高漲的生之狂喜。讓我胸臆中有限的力量，那麼一瞬間也好，能感受到造物者從身內和透過自身創造萬物的一丁點兒幸福。

兄弟啊，沉緬在過去回憶裡，我才感覺到歡天喜地。單是努力喚起當初難以言喻的情感，再度化為言語，我的性靈便已提升，超越自身的高度。然而，卻也令我對於自己目前的處境倍感憂懼。

我的心靈前方彷如拉起了一道幕。無窮生命的舞台，在我面前化成萬丈深淵，通往永不封閉的墳穴。一切轉瞬即逝，一切風馳電卷，席捲而去，生存的力量難以為繼，唉，若非遭洪流捲走、淹沒，便是在岩石上撞成碎片！你還能說「那存在！」嗎？你無時無刻不受煎熬，身邊人也無一倖免；你無時無刻都是個破壞者，也不得不如此。即使是不懷惡意的優閒漫步，也會奪走數千隻可憐小蟲的性命，一邁步，即踩毀螞蟻辛苦築好的蟻窩，將一微小世界夯實成一座卑微的墳墓。啊！令我痛苦悸動的，並非罕見的世界大災難，沖毀一座村莊的暴洪，或吞沒你們城市的地震。我的心，因為隱藏於大自然萬物中的毀滅力而消蝕；毀滅力量所造就的一切，無不在破壞它的鄰人，無不在毀滅它自己。一思及此，我不由得懼駭萬分，腳步踉蹌！我的四方，圍繞著天與地及其織造的種種力量！而我眼中只看見一個不斷吞食、再三反芻的龐然巨獸。

八月二十一日

清晨，我從沉重的夢中緩緩甦醒，伸手尋她，只是枉然；夜裡，一場幸福純真的美夢愚弄了我，以為自己與她並肩席坐草地，握住她的手，印下千萬個吻，因而在床上伸手尋她，亦是徒勞。唉，我於半夢半醒間摸索著她，漸漸清醒——我壓抑的心潸然淚下，絕望地對著晦暗的未來嚎啕大哭。

八月二十二日

實在是不幸啊，威廉，我的活動力竟變調成不安定的怠惰！但我不能閒著，卻又什麼也做不了，想像力枯竭，對大自然無感，書籍也令我厭煩。我們一旦失去了自己，隨之也會失去一切了。我發誓，偶爾我還真希望自己是個短工，清早醒來，一天充滿展望、衝勁與希望。看見阿爾伯特埋首案牘，我不時百般羨慕起他，想像自己若是他，該有多開心呢！我好幾次想提筆寫信給你和公使，在公使館謀個職位，你保證過我不會受到拒絕的。我也相信如此。長久以來，公使就對我愛護有加，一直敦促我應投入工作。我短暫考慮後覺得不錯，然而再一細思，想起了那個馬的寓言故事。有匹馬自由得厭膩了，迫不及待要人放上鞍韉與轡頭，結果奔馳至筋疲力盡，累垮倒地。我完全沒準該怎麼辦才好呀，老友！難道我渴望改變現狀，正是反映了內心如影隨形地追獵我的惱人焦躁嗎？

八月二十八日

我的疾病若能醫治，無庸置疑也只有這些人能妙手回春了。今天是我的生日，一大清早，便收到阿爾伯特差人送來的小包裹。一打開，粉紅色蝴蝶結即刻躍入眼簾。初次見到珞特，她便繫在胸襟上，後來我曾幾次央求她送給我。包裹裡還有兩本平裝袖珍書，其一是威施坦出版的《荷馬詩集》，這版本我渴望已久，以免散步時得扛著厚重的恩斯提版本。看吧！他們體貼入微，善察我的心意，以小小的殷勤促進友情滋長，那比送禮者為了滿足自我虛榮、貶抑我們而贈送的璀璨禮物，還要珍貴千倍。我把蝴蝶結吻了千千萬萬遍，隨著一次又一次的呼吸，吮入少數不再復返的快樂日子帶給我的幸福回憶。威廉，這就是人生啊，我不怨天尤人，生命的花朵不過是表象！多少花兒凋零落盡，無留下一絲芳蹤，花落結果的少之又少，果實成熟的更是寥寥無幾！然而，依舊有充足的果實成熟——噢，兄弟啊！難道我們能忽略、蔑視這些成熟果實，不予享用而任其腐爛嗎？

再會了！這個燦爛美好的夏天，我常坐在珞特家果園裡的樹上，手執採果長竿，摘下樹梢的梨。她就站在底下，接過我往下遞的梨子。

八月三十日

悲慘的人啊！你難道不是傻子嗎？沒有自己欺騙自己？何來這股洶湧澎湃、永無止歇的激情？禱告時，我心心念念只為她一人；除了她的倩影，我腦海裡想像不出其他的人；周圍世界裡，我眼中只有與她有關的一切。我也因此擁有了幾許的幸福時光，直到不得不再度與她分離！啊，威廉！我的心為何總是驅使著我呢！我在她身旁坐上兩、三個小時，欣賞她的容貌、她的儀態、她優雅的措辭，漸漸的，感官變得呆滯緊繃，眼前昏暗，耳幾乎不能聽，咽喉彷彿被陰險的兇犯給掐住。我的心臟猛烈狂跳，想給受到壓抑的感官一個喘息的空間，卻只是徒增混亂。威廉，我常常分不清自己是否還活在世上！若非憂傷偶爾將我淹沒，若非路特允我俯在她玉手痛哭一場，一吐鬱悶，給我丁點兒的可憐慰藉——因此，我勢必離開不可，非走不行！於是，我走得遠遠的，在原野徘徊遊蕩。攀登陡峭高山，在崎嶇難行的林子闢出一條小徑，穿越刮皮刺膚的樹籬、劃破衣襟的荊棘，都能帶給我樂趣！我會覺得好過一點！但也只有一點！有時，我半路累了、渴了，便倒臥歇息；有時，深夜裡一輪明月當頭高懸，我坐在寂靜森林裡一株彎曲的樹幹上，舒緩破皮腳掌的疼痛，然後漸而疲鈍乏力，在曙光中沉沉睡去！噢，威廉！隱居修士的寂寞斗室、粗羊毛長袍、苦修帶，全是我心靈渴求的甘泉。告別了！除了墳，我看不到苦難有其他的結果。

九月三日

我一定要走了！威廉，謝謝你堅定我的決心，我不再搖擺不定了。我想離開她已十四天，現在非走不可了。她又到城裡陪一位女性朋友，而阿爾伯特——而——我必須走了！

九月十日

這是怎樣的一晚啊！威廉！現在我什麼都能挺過來了。我不會再見她了！噢，摯友啊，我恨不得飛撲至你身上，抱著你嚎啕大哭，又悲又喜向你傾訴衝擊我內心的感受。而今我獨坐於此，深深緩著氣，平復情緒，等待黎明來臨，我訂好的馬車將在旭日東升時抵達。

她睡得正香甜，不會想及自己再也見不到我了。我強逼自己離開她，在兩小時交談裡，堅強到沒有泄漏自己的打算。天啊，那是場什麼樣的談話啊！

阿爾伯特答應我，用過晚膳，會偕同路特到花園來。我佇立於高大栗樹遮蔭的階坡上，最後一次目送夕陽從秀麗的谷壑和平緩的溪流上方緩緩西落。我經常同她共賞這場出神入化的表演，但此刻——我徘徊在心愛的林蔭道上。尚未結識路特前，這裡有股神祕的魅力，經常吸引我流連駐足。認識之初，我們發現彼此都喜歡這個小地方，有多麼高興啊！此處是我見過最詩情畫意的藝術創作了。

走到栗樹之間，視野才會豁然開朗——哎，我想，我記得在信中向你描述過許多了。高聳參天的山毛櫸樹圍成一圈高牆，連結花園裡的觀賞林木，襯得林蔭道更顯幽深陰鬱。盡頭處，隔成一方遺世絕俗的小天地，寂寥荒僻，令人心慌。我依然記得在一個豔陽高照的正午，首次踏足此處時所湧現的熟悉與親切，當時心中隱約感覺到，這裡是個適合上演歡樂與痛苦的舞台。

我沉溺在離別與再見的糾葛中，一下煎熬，一下甜蜜，約莫半個小時後，階坡傳來他們的足音。我迎向前去，握住她的手親吻，心裡不禁一陣顫慄。我們信步拾階而上，月兒從鬱鬱蔥蔥的山丘後探出頭。大夥天南地北聊著，不知不覺來到黑漆漆的涼亭。路特走進去，坐了下來。阿爾伯特挨坐在她身旁，我亦是。然而我焦躁不安，難以安然久坐，於是起身，在她面前踱來踱去好一陣後，又再度落坐。眼前情況令人慌張心搖。她要我們欣賞山毛櫸樹牆的盡頭，月光幻化魔力，灑落階坡，照出一片銀亮。四周籠罩在濃郁的幽暗中，襯得此地更加奪目耀眼。我們沉默不語，半晌後，她說：「漫步在月色下，我總會想起逝去的親友。對死亡與未來的感觸，總不時縈繞在我心頭。我們會再生吧！」她情緒高亢歡聲說道。「但是，維特，我們要怎麼找到彼此呢？怎麼再次認出彼此？你有什麼想法？你怎麼看？」

「洛特，」我牽起她的手，眼裡噙滿淚水，「我們一定會再見的！無論在何處，一定會再見面！」我講不下去了，威廉，她為何偏偏在我心中滿懷惴惴離愁時，問我這個問題呢？

「摯愛的先人是否知道我們的狀況？」她又接續道，「能否感覺到，我們倍感幸福的時刻，總是懷著暖暖的愛思念著他們？噢！在靜謐的夜晚，我坐在母親的孩子，亦即我的孩子之間，弟弟妹妹圍著我，一如圍著母親，這時，母親的身影彷彿就在我左右。我含淚渴慕望著天，希望她能夠俯瞰一會兒，看看我如何信守她臨終前對她許下的承諾，成為她孩子的母親。我又以何種激動的心情喊道：『最敬愛的母親，我要是無法如妳那般照顧弟妹，請原諒我吧！啊！我會竭盡所能，盡心照料的。他們衣食無缺，不愁吃穿，更甚者，他們受到了無微不至的照顧與關愛。聖潔的母親，真希望妳能親眼看見我們彼此和睦相處啊！臨終前，妳涕泗滂沱，哀求上帝保佑孩子，而今妳定將銘感五內，熱切讚揚上帝！』」

噢，威廉，她說了這些話！誰有法子能重複她的話呢！沒有生命的冰冷文字，怎能描述這種精神上的錦簇繁盛呢！阿爾伯特溫柔地打斷她說：「心愛的珞特，妳太激動了！我知道妳腦海縈繞不去這些念頭，但是，我求求妳——」「噢，阿爾伯特，」她說，「我知道你也忘不了父親出遠門，我們把孩子送上床後，一塊兒坐在小圓桌旁的那幾個夜晚，你手裡經常拿著一本好書，卻鮮少翻閱，那不正是因為與這個高貴靈魂的交流勝於一切嗎？這位美麗、溫柔、活潑、始終孜孜不怠的女士！上帝知道我經常跪倒床邊，淚流滿面，祈禱上帝把我變得和母親一樣。」

「珞特！」我喊了一聲，撲倒她面前，涕淚縱橫執起她的手，淚水沾濕了玉手。「珞特！上帝會賜福於妳，令堂在天之靈也會眷顧妳！」「真希望你也認識她！她值得你認識的！」她握緊我的手說。我感動得要昏過去了，沒有比這更添榮耀、更能自豪的讚美之言了。她又繼續說下去：「然而，這位女士卻在年華正茂時撒手人寰，么兒甚至還不滿六個月！母親臥病在床的日子不多，情緒穩定，聽天由命，唯一放不下孩子，尤其是老么。臨終之際，她吩咐我把孩子們帶過來，我依言將他們領進房，小的幾個還不懂事，大的幾個已經傷心欲絕。大家圍立在病床四周。母親伸出雙手，為孩子們祈禱，一一親吻他們，隨後便要他們離開。接著，她對我說：『好好當他們的母親吧！』我握著她的手答應了。母親說：『孩子呀，妳擔下了不輕的擔子，答應以母親的心腸與眼睛關照他們。我在妳眼裡時時望見感激的淚水，明白妳能體會當個母親是怎麼回事。妳要對弟妹慈愛，對父親一如妻子般忠貞與順從，妳能安慰他的。』她問起了父親。父親為掩藏悲痛欲絕的心情，出門去了。他肝腸寸斷，心都碎了。

「阿爾伯特，你當時也在房裡。母親聽見有人走動，便問是誰，然後要你走上前去。她凝視著你和我，目光安詳欣慰，覺得我們很幸福，我們在一起將會無比幸福。」阿爾伯特挽住她頸子，吻了她，然後叫道：「我們確實很幸福！未來也會的！」平素沉穩的阿爾伯特一時竟失態了，我自己也難以自持。

「維特，」她又開口說話，「這樣的女性居然與世長辭了！我有時想，生命中摯愛至親被帶走時，沒人的感受比孩子更敏銳了，我的弟弟妹妹沉浸在悲傷中很長一段時間，怨嘆黑衣人把媽媽給抬走了！」

她起身，我才回過神來，內心大感震驚，不過我仍舊坐著未動，握著她的手。「時候不早了，我們該走了。」她說著，想把手抽回去，但我抓得更緊。「我們會再見的。」我喊道。「我們會遇見彼此的。不論變成何種樣貌，我們都會認出對方。我要走了，」我繼續說道，「心甘情願離開此地。但是，要我說永別了，這點我辦不到。再會，珞特！再會了，阿爾伯特！我們會再相見的。」珞特戲謔回道：「我想就是明日吧。」明日，多讓人心痛的詞啊！她抽回手，對這一切仍舊渾然不知呢。他們步出了林蔭大道，我杵在原地，望著月光下他們漸漸遠去的背影，隨後撲倒在地，嚎啕大哭。接著，又一躍而起，奔上階坡，在高聳菩提樹的陰影下，仍可望見白色洋裝閃現在花園門後。我伸出雙臂，白影已消失無蹤。

第二部

Zweites Buch

Die Leiden des
Jungen Werther

一七七一年十月二十日

我們昨日抵達此地。公使身體微恙，需歇養數日。他若是脾氣別那麼暴躁，事情會順利些。★我察覺到、我察覺到命運給我安排了種種嚴苛的試煉。但是，鼓起勇氣吧！只要放鬆心情，萬事皆可忍受！放鬆心情？這話從我筆下蹦出時，我實在忍俊不禁。噢，稍微輕鬆點，我即是天底下最幸福的人了。別人不過具備些許不足為道的精力和才幹，便自鳴得意，大放厥詞，我豈有道理要對自己的天賦與才能悲觀絕望？慈悲的上帝啊，祢賜給了我一切，但何不留下一半，另賦予我自信與知足呢？

耐心！要有耐心！事情會好轉的。親愛的朋友，我告訴你，你說得沒錯。打從我最近鎮日在市井小民之間打轉，觀察他們的所作所為後，對自己滿意多了。確實，我們天性喜與他人相互比較，故而幸或不幸，往往取決於比較的對象。因此，孑然寂寞最是危險了。我們的想像力本易飛揚，又受到詩歌中美妙的幻象滋養，形塑出各色人物，卻把自己屈居底層，自身之外的一切顯得更加卓越，別人個個比自己完美。這種想法自然而然即存在的。我們經

★中德文朗讀

常感覺有所缺憾，認為我們欠缺之物總出現在他人身上，卻又把自己擁有的特質加諸於對方，並賦予對方某種理想化的怡然風采——完美的幸運兒於焉誕生。實際上，那卻是我們創造的產物。

反之，即使自身諸多缺點，歷經艱難，只要一勁兒勇往直前，往往便能發現，我們優閒緩步，靈活穿行，依舊比揚帆划槳之人走得更遠。此外，一旦與他人並駕齊驅，或者甚而超前領先，就能感受到真實不虛的自信。

一七七一年十一月二十六日

我開始勉強能適應此地的生活了。這兒最棒之處在於有許多事情可做，還有各式各樣的人，展現形形色色的嶄新樣貌，在我的心靈之前上演繽紛多采的戲劇。我結識了博學多聞的C伯爵，對他的敬意與日俱增。他洞察世事，因而並不冷酷淡漠。與他交往，能明顯感受到他極為重視友誼與愛。有次到他府上辦事，初談幾句，他便察覺到我們心意相通，不好對別人開口說的話也能對我敞開心胸，因此對我大為關心。即使我再三誇獎，也不足以讚美他的坦誠直率。能遇見一位對自己推心置腹的偉大人物，乃是世間最為溫馨的樂事呀。

一七七一年十二月二十四日

公使果真如我先前所料，把我給煩死了。從未見過像他如此食古不化的笨蛋了，凡事都得按部就班，細碎繁瑣，像個囉囉唆唆的老太婆。對自己從不滿意，因此看誰也不順眼。我辦事不喜拖泥帶水，該怎麼樣就怎麼樣，此人卻總愛在退我公文時說：「寫得不錯。但是，請再仔細想想，應該還有更適合的遣詞用字、更恰當的小品詞。」真要把我給氣瘋了。少掉一個「與」、省掉一個連接詞都不行。我無意中使用的倒裝句，尤其與他有不共戴天之仇；若未根據慣用的語調念誦複合長句，他便絲毫不解其意。和這樣一個人往來，實在是種折磨。

C伯爵的信任是我唯一的慰藉。近來，他對我坦言不諱受不了公使的溫吞拖延，優柔寡斷。「這種人不僅給自己添麻煩，也增添他人的困擾。」他說。「然而，我們卻不得不聽天由命。一如必須翻越高山的旅人，倘若眼前無山，必然平坦好走，路程也短。不過，山既然已在，就攀登過去吧！」

我的上司也覺察到伯爵對我更為賞識，遂而心生不悅，逮住機會就在我面前詆毀他。我竭力反駁，卻使狀況越發惡劣。昨日，他徹底惹惱了我，因為他把我也給牽扯進去。他說伯爵見多識廣，做事駕輕就熟，文筆也流暢，可惜就像通俗文人一樣欠缺基本學識。他臉上的神情似乎在說：「如何，刺到你痛處了吧？」但我毫不買帳，打從心底輕蔑有如此想法、如此態度的人。我毫不退讓，針鋒相對。我說論人品、論學識，伯爵在在令人尊敬佩服。我還說：「我認識的人裡頭，無人如他一般，涉獵廣泛，博聞強識，又能處理俗常事務。」但我只是白費唇舌，他那死腦袋根本無法理解。我於是告辭離開，免得再聽到其他愚蠢的廢話，氣得火冒三丈。

一切都要怪你們，叨叨絮絮，老勸我要積極有所作為，害我套上了枷鎖。作為！若是栽種馬鈴薯、將穀物載到城裡販售的人沒比我更有作為，我寧可繼續囚禁在這艘奴隸船上，再做牛做馬個十年。

此處可見表面光鮮亮麗，實則乏味無趣的愚蠢俗人！他們爭名逐利，彼此提防，處處戒備，只為能捷足先登，赤裸裸展現出可悲至極的卑劣欲望。譬如此地有個女人，逢人便大談自己的貴族血統和家產，不熟識她的人必然認為她是個蠢蛋，竟對微不足道的地位與聲望沾沾自喜。荒唐的是，這女的只不過是鄰近地區一位書記的千金。你看，我真是不懂，人自甘墮落至此，意義何在？

不過，親愛的老友，我日漸察覺到以己度人實在愚昧之至；何況我事務繁忙，心情又浮動狂躁。唉，只要他人別來干涉我，我也樂得由他們走自己的路。

最令我氣惱的是市民階級的不幸處境。即使我十分清楚階級差異有必要存在，也享受其中許多好處，只不過，在我享受人間些許歡樂與幸福時，不該來妨礙我。我最近散步時認識了B小姐，一位親切可愛的姑娘，她在僵化的生活中仍保有許多自然的本性。我們相談甚歡，道別時，我請她允許我登門拜訪。她爽快應允了，我巴不得相約的時間盡早到來。她並非本地人，借住在姑母家。我一見老太太容貌便不喜，不過依舊殷勤以待，多半時候都與她說話。不到半小時，便已獲悉老太太大致的狀況，B小姐後來也承認：這位親愛的姑母年事已高仍舊一貧如洗，名下也沒有像樣的財產，且知識淺薄，只剩下祖先累積下來的榮耀，沒有其他依靠；除了目前聊以棲身的地位，亦無其他庇蔭。從樓上俯瞰市井小民的腦袋瓜子，是老太太最大的消遣。據聞她還是姑娘時，貌美如花，卻虛擲韶光年華，先是驕蠻折磨了好幾個可憐的小夥子，年紀大後才下嫁一位對她百依百順的老軍官。老軍官靠著薪餉與她勉強餬口，度過艱辛歲月後去世。如今她晚年孑然一身，若非有個迷人的姪女，誰也不會理睬她。

一七七二年一月八日

★究竟是什麼樣的人，會把整副心思放在繁文褥節上，經年累月所思所為只求能在宴席上往前一個席次、提升地位？他們並非無別事可做，不，事

★中德文朗讀

情其實堆積如山，只不過他們糾結在微不足道的煩惱上，耽擱了該辦的要事。上星期乘雪橇出遊時就發生了爭執，令人大為掃興。

這些傻子難道看不出地位尊卑壓根兒不重要，居上位之人真能出類拔萃者，往往屈指可數呀！殊不見有多少國王受到大臣操縱，又有多少大臣受到書記控制！那麼，究竟誰才是萬人之上呢？我認為眼光過人、掌握權力、足智多謀，懂得激發他人的力量與熱情，為實現自己計畫所用，才堪稱萬眾之首。

一月二十日

親愛的珞特，我非提筆寫信給妳不可，為了躲避暴風雨，我棲身在一家簡陋的小客棧。只要我仍待在D鎮悲慘的巢窩裡，周旋在不懂我心意的陌生人之間，就沒有片刻心思寫信給妳，絲毫抽不出半點時間。而今，暴雪與冰雹猛烈擊打著小窗，我獨處在這寂寥封閉的斗室裡，第一個便想起了妳。我一踏進此地，妳的身影，對妳的回憶，瞬間迎面襲來。噢，珞特啊！妳是如此聖潔，如此溫暖！仁慈的上帝，最初的幸福時刻再度降臨了。

親愛的珞特，妳若是看見，就會明白我是如何陷入失魂落魄的狂瀾之中！我的感受枯竭，心靈沒有一刻盈滿，沒有片刻幸福！什麼都沒有！乾涸無物！我彷彿佇立在西洋鏡前，盯著小人偶和小馬轉來轉去，不斷問自己：眼前是不是種視覺上的把戲呢？其實，我自己也置身其中跟著演出，說得確切點，是像個傀儡似地受人操縱，偶爾碰到鄰人的木手，便驚得猛然縮回。我晚上打算欣賞隔晨的日出，卻起不了床；白日期待夜晚賞月，卻始終待在房間裡。我不清楚自己為何起床，又為何入眠。

促使我生命活躍的酵素匱乏了，在深夜提振我精神的刺激不見了，清晨從睡夢中醒來的動力也消逝了。

我在此地只結識了一位姑娘，一位B小姐。親愛的珞特，若說有誰與妳相似，那人即是她。妳只怕要說：「嗳，這人真會逢迎拍馬呀！」這點倒也沒說錯。這陣子我由於別無選擇，不得不處事圓滑，滿口甜言蜜語，詼諧幽默。女士們都說沒人比我更懂得奉承了（「以及說謊」，妳想必要補上此句。但這是不得不然，妳明白吧？）。我想回頭聊聊B小姐。她有一雙湛藍的眼眸，渾然流露出豐沛的情感。家世地位成了她累贅，阻礙她實現心願。她渴望擺脫喧囂煩擾，我們經常馳騁想像，沉浸在田野生活的純粹幸福裡。啊！我們還聊到了妳！她往往不得不對妳肅然起敬，不對，並非是不得已而為之，而是發乎內心喜歡聽聞妳的事蹟，而且愛慕妳。

噢，真希望我人就在那間熟悉宜人的小巧居室裡，坐在妳的腳旁，可愛的小傢伙們在我周圍打滾嬉戲。要是妳嫌他們太吵鬧，我願意講個可怖的故事，讓他們安安靜靜待在我身邊。

夕陽落在白皚皚的雪地上，絢麗燦爛，暴風雪已然過去，而我，我又得把自己關回樊籠裡。再會了！阿爾伯特在妳那兒嗎？而你們——願上帝寬恕我這個提問！

二月八日

惡劣至極的天氣肆虐了八日，我倒是十分怡然自得。因為打從我來到此地，舉凡天氣晴朗的日子，總要讓人給糟蹋掉或者掃了興致。要是真落下了雨，抑或大雪紛飛、降霜結冰、嚴雪融化，哈！我心裡便想，待在家裡不會比外出要糟，或許反倒更好。若是旭日初升，預示這日晴朗美好，我往往忍不住嚷嚷：「上帝再度賜予他們恩惠，他們又可藉機你爭我奪了。」健康、名譽、喜樂、休閒，無所不奪、無所不搶！多半不過出於胡鬧無聊、愚昧無知與器量狹隘，但傾耳一聽，人人都有連篇大道理。我有時真想跪求他們別瘋了似的大動肝火，劍拔弩張。

二月十七日

我與公使恐怕再也受不了彼此了。他令人倒盡胃口，行事風格與辦事方法可笑透頂，我常忍不住出口反駁，甚而乾脆照自己心意和方式做事，自然不為他所喜。因此，他最近向宮廷告了我一狀，部長將我數落一頓，措詞雖和婉，終究還是訓誡了我。我正欲提出辭呈，便收到他捎來的私人信函，信中飽含崇高、尊貴與睿智的思想，令我欽佩得五體投地。他指出我容易感情用事，過度執著於辦事效率，渴望對他人產生影響，做事又吹毛求疵，雖展現了年輕人的勇氣與激情，他十分尊重，無須根除，但應試著緩和一些，並引導至真正能夠發揮作用、產生有力影響之處。八天來，我精神振奮，且感愜意自在。心靈寧靜至為珍貴，本身就是一種喜樂。親愛的朋友，此份珍寶瑰麗貴重，但願不會那麼脆弱易碎！

二月二十日

親愛的，願上帝保佑你們，賜予你們神從我這兒奪走的美好日子！

阿爾伯特，感謝你欺瞞了我。我一直在等待你們成親的消息，打算當日鄭重取下掛在牆上的珞特剪影像，埋藏在其他的紙張裡。如今你們已是夫妻，而那張剪影始終仍在！就這麼留著吧！何嘗不可呢？我知道自己始終與你們同在，留在珞特的心裡，但無損於你的地位。是的，我屈居次位，但我願意也必須保住這個位置。噢，倘若她忘了我，我定會發狂的。阿爾伯特，這個念頭猶如苦難的深淵。阿爾伯特，再會！再會了，青空上的天使！再會，珞特！

三月十五日

我遇見了一樁惱人事，或許將會促使我離開此地。我氣得咬牙切齒！真是活見鬼了！這事無法補救，而且全是你們的錯，你們激勵我、驅策我、折磨我，迫使我接受不合心意的職務。如今我嘗到惡果了！你們亦然！你可別再說我的想法偏激極端，所以搞砸了一切。親愛的先生，我便在此像個編年史家，言簡意賅記錄下來龍去脈吧。

伯爵C疼愛我、器重我，此事眾所周知，我也對你說過千百遍。昨日我到他府上用餐，正巧當晚有群高貴的紳士與女士將在他宅邸聚會。我沒將此事放在心上，也未留意我們下屬不能參加。總之，我在伯爵家用過午膳，餐後我們在大廳裡漫步聊天，我也和前來參加聚會的B上校談了一會兒，就這樣，聚會的時間轉眼來臨。天知道，我什麼也沒多想。這時，尊貴無比的封．S夫人與丈夫帶著孵育有成的小天鵝，那位胸部平坦、束腰狹小的千金走了進來，經過我身邊時，一行人趾高氣揚，世襲貴族的眼睛瞪得老大，鼻子翹上了天。我打從心底厭惡這種人，打算等伯爵煩人的應酬一結束，便告辭離開。就在此刻，我的B小姐走進屋裡。每看到她，我心裡總有幾分雀躍，於是我繼續留著，站到她的椅子後頭。半晌後，我才察覺她與我交談時不似平常坦率，反倒有些窘迫。我覺得很不尋常，難不成她與其他人也無二異？我想著，感覺好似被捅了一刀，恨不得轉頭離開。然而我仍舊待了下來，因為我願意寬恕她，不相信她是一丘之貉，也希望能再從她嘴裡聽見好話，以及——隨你揣測了。賓客紛紛來臨，F男爵一身參加法蘭茲一世（Franz Stehpan I）加冕典禮的過時行頭；因貴族身分而具有「封」稱號的R樞密官，攜同聾耳夫人前來；可別漏了服裝寒磣的J，款式落伍的禮服上早已坑坑洞洞，綴滿摩登的補丁。宅邸內冠蓋雲集，我和幾位熟人交談，但他們都只是三言兩語，回應冷淡。我想，我的心思全在B小姐身上，沒注意到大廳另一端，幾個女人正竊竊私語，男人們也漸漸交頭接耳，封．S夫人與C伯爵在講話（這些全是B小姐事後告訴我的）。末了，C伯爵朝我走來，領我到窗邊，說道：「您是知道我們這兒的環境有多荒謬，我發現他們不太樂意見到您在這裡。我絕無意……」「閣下，」我打斷他，「千萬請您要寬宥我，我早該想到的。不過，我知道您會原諒我的漫不經心。先前我已打算告辭，只不過有個魔鬼把我給攔了下來。」我微笑道，同時微一欠身。伯爵緊緊握著我的手，一切已盡在不言中。我悄悄溜出高尚的聚會，坐上雙輪馬車，駛往M地，從山丘上欣賞日落，吟讀荷馬描寫奧德賽接受好客豬農熱情款待的神妙詩篇。心曠神怡，多麼美好呀。

傍晚，我回來用餐，餐室裡還有幾位客人，聚在角落裡擲骰子，把桌巾都掀了開來。憨厚的阿德林走進餐室，一看見我，便脫下帽子上前來，輕聲說道：「你碰到不如意的事吧？」「我？」我問道。「伯爵把你逐出聚會。」

「那些人見鬼去吧！」我說，「我寧可到外頭透透氣。」「你沒把這事放在心上就好。外面已經傳開了，我聽了真氣憤。」這當頭我才惱火起來，不禁認為進來用餐且瞧著我的人，都是來看我熱鬧的！這麼一想，心頭怒火燒得更旺了。

今日不論我上哪兒，總有人前來表達遺憾。我甚至聽見平日嫉妒我的人洋洋得意說：「瞧瞧，狂妄自大的傢伙如今落得何種下場唷。自恃有點才智，便傲慢驕橫，以為能藐視一切禮數。」更狗皮倒灶的話都有，我真恨不得拿把刀往心窩一捅。別人愛說什麼，自然任由他們，但我倒想看看有誰受得了被這幫無賴占盡便宜，還說三道四。倘若他們所言空穴來風，哎，大可無須放在心上。

三月十六日

一切在在使我惱怒。今日，在林蔭大道遇見了B小姐，我忍不住向她攀談，等我們稍微遠離人群，即向她陳述我的心情，說她最近的態度傷了我的心。「噢，維特，」她語氣真摯道，「你該明白我的心情，怎能如此解讀我當時的六神無主？我一踏入大廳，便為了你飽受煎熬呀！我早已預見此狀況，好幾次想告訴你，話到了嘴邊卻無法說出口。我知道封・S夫人與封・T夫人寧可與丈夫離去，也不願和你共處一室；我知道C伯爵不能因你而得罪了他們。現在竟還鬧出了這事！」「發生何事了，小姐？」我掩藏住內心的驚訝問道。阿德林前一晚所說的一切，此刻正如沸騰的滾水，在我血脈裡奔流。「我受了多大的委屈啊！」可人兒熱淚盈眶說。我再也無法自持，幾乎要撲倒她腳邊。「請說清楚吧！」我喊道。淚珠兒撲簌簌滑落她的臉頰。我激動難抑。她擦乾淚水，絲毫不想掩飾，接著娓娓道來：「你認識我姑母，她昨日也在場，噢，她究竟用什麼眼光旁觀這一切啊！維特，昨晚我熬了過來，今天一早又因與你往來被訓了一頓，不得不聽她貶抑你、輕蔑你，卻只能為你辯解幾句。」

她的一字一句，像把利劍刺穿我的心，沒察覺若能對我隱而不宣，是多麼大的慈悲。現在她又火上添油，說道外面沸沸揚揚傳了哪類流言蜚語，哪些人又對我的落魄竊竊自喜。他們早就指責我目中無人，妄自尊大，如今見我受到懲罰，無不幸災樂禍，欣喜雀躍。威廉，聽見她發乎真摯的同情語氣敘說這一切，我的心碎成了片片。現在想起，依舊怒火中燒。我多渴望有人膽敢當面挑釁我，好讓我一劍刺穿他的軀體。見到血，我心裡或許好過一點。哎，我抓起了上百次刀子，想給自己憋屈難受的心透透氣。據說有種名貴的駿馬，狂烈奔馳後，渾身極度發熱，力疲驚慌之際，本能會咬破自己的血管，幫助呼吸順暢。我也經常面臨同樣狀況，渴望能割開血管，獲得永恆的自由。

三月二十四日

我已將辭呈上交宮廷，但願能蒙批准。我沒有事先徵得你們的同意，你們應該會原諒我吧。我知道你會說什麼話來慰留我，但我非走不可。因此，煩請將此事委婉轉達給家母。我已自顧不暇，無力使她稱心如意，請她接受現狀。此事想必會傷透她的心，她的兒子原本邁向康莊大道，可能成為樞密大臣或者公使，如今非但勒馬收韁，甚至將馬兒牽回了馬廄！任由你們想吧，拼湊我能留任、應該留任的各種可能。總之，我要離開了，不妨告訴你我接下來的去處。這兒有位侯爵，十分樂意有我作伴，得知我的意向後，邀請我上他的莊園，度過明媚的春日。他允諾我可隨心所欲。由於我們多少理解彼此，我願碰碰運氣，同他走上一遭。

補遺

四月十九日

★感謝你接連兩封來信。我在等候宮廷批准辭呈，故先將此信擱置，遲遲未回覆。

我擔心家母向部長說情，妨礙我的計畫。如今事已圓滿，批呈下來了。我真不想告訴你們，上頭有多麼不願允可，部長又在信中寫了什麼，否則你們肯定又要嗟嘆惋惜了。王儲送了我二十五枚達克特（Dukaten）金幣，並稍

★中德文朗讀

來臨別贈言，內容令我感動落淚。前段時間我曾寫信要求家母寄錢，而今已不需要。

五月五日

我將於明日啟程。我的出生地距此不過六英里，故想先重遊舊地，重溫昔日有如幻夢的美好時光，走過那座城門。當年家父去世後，母親帶著我走出城門，離開熟悉的可愛之地，將自己囚禁在不堪忍受的城市裡。再會，威廉，我會捎給你這趟遊歷的見聞的。

五月九日

我懷著朝聖者的虔敬之心，完成了返鄉朝聖之行，心情意外有幾分悸動。城外距離S地約一刻鐘路程的地方，有株枝葉繁茂的高大菩提樹，我讓馬車在此停下，下了車，打發車夫先駛離。我想漫步而行，一步一腳印，恣意喚醒往昔的種種回憶。我此刻佇立於菩提樹下，幼年時，此處是我散步的盡頭與邊界。然而，一切已今非昔比！當年我懵懂而幸福，渴望探索未知的世界，為我的心靈尋求豐沛的營養與享樂，充實我奮發的胸懷，滿足我的渴慕。而今，我從廣博浩瀚的世界回來了，哎，我的老友呀，可是多少希望已然幻滅，多少計畫已然擱淺了！眼前橫亙的群峰，曾是我千千萬萬次祈願的對象。我可獨坐於此好幾個時辰，陶陶然神遊於眼前的壯闊景致，徜徉在朦朧的林間谷壑。到了不得不回去的時刻，才依依不捨離開這個可愛的地方！我離城市愈來愈近，滿心歡喜地迎接熟悉的花園洋房，新蓋的房舍則引我反感，一如其他的改動。一邁入城門，我即尋回往日的自己。親愛的，我不一一細說了；我覺得迷人有趣的，一經訴說，就會淪為單調乏味了。我決定在老家旁的市集廣場找家旅店投宿。前行的路上，我發現我們以前在一位認真老婦人管束下度過童年的小學堂，如今已成了雜貨店。我仍記得在這間陋室裡忍受的不安、淚水、混沌與心靈壓抑——我每走一步，無不觸景生情。聖地的朝聖者，也不會踏足這麼多載滿回憶的聖跡，也幾乎不會有如許聖潔的心靈悸動。再從萬千回憶中提一事說吧。我順流而下，來到一處農家，這也是我當年常走的路，孩提時代，我們這些男孩經常在此打水漂兒，看誰的薄石片兒彈得最多下。我仍記憶猶新，當年我有時佇立此地，凝望著河水，奇思妙想聯翩隨著水流而去，想像水漫流之處充滿驚險刺激。不一會兒，我便察覺自己的想像力到了極限，然而河水依然流去，潺潺不絕，直至我在凝望中迷失在一處看不見的遠方。親愛的，你瞧，賢明睿智的先祖雖見識有限，卻幸福滿足啊！他們的感受純真無瑕，詩作亦復如是！奧德賽每每提及一望無垠的汪洋、無邊無際的大地，言語多麼真摯、溫暖、深刻、親密，又神祕萬分！如今即使我和學童一樣說地球是圓的，又有何益？人安居於世，只需一塊小小土地，若要長眠地下，只需一抔黃土。

我已來到侯爵的獵莊，與這位紳士相處十分愜意。他為人誠懇又單純，但身邊盡是些我捉摸不透的怪人，雖非奸詐拐騙之徒，卻也無正派人士之貌。有時感覺他們對我以真誠，但我仍無法對其推心置腹。但令人遺憾的是，侯爵多半談論耳食之聞或頻掉書袋，而且拾人牙慧，無自我見解。

他賞識我的才識天賦勝於我的心靈，然而心靈才是我唯一引以為豪的，是我一切力量、喜樂與苦難的獨一淵源。哎，我知道的一切，人人皆可獲知，唯有心靈才為我所獨有。

五月二十五日

我心裡有盤算，本想等付諸實行後才告訴你。但如今實現無望，全盤托出亦無妨了。我曾打算參軍去。這念頭擱我心頭已久，也是我跟隨侯爵來此的主要緣由，他目前是駐防某處的將軍。一次散步時，我向他透露了自己的打算，他勸我打消念頭，除非我確實懷抱滿腔熱忱，而非一時興起，否則務必聽從他的勸告。

六月十一日

隨你怎麼說吧，反正我是待不下去了。我在此能幹麼呢？只是度日如年罷了。侯爵雖然萬般禮遇我，我仍無所適從。我倆根本毫無共通之處，他理智聰明，但智性不過一般。與他往來，不如閱讀一本精采的書有意思多了。我再待個八天，就要再度雲遊四方。我在此間做的最棒之事便是作畫。侯爵頗有藝術品味，若非束縛於可憎的科學概念與平庸的專業術語，領悟定能更加深刻。有時候，我正興致勃勃帶領他神遊大自然和藝術之美，他卻冷不防冒出一句讀來的藝術用語，還自覺引用得宜，把我給氣得牙癢癢的。

六月十六日

我或許只是個漂泊者，只是個塵世的朝聖者！難道你們就高人一等了嗎？

六月十八日

我想往何處去？私下透露給你吧。我還得在此待上十四天，接著打算造訪某座礦山，事實上，不外乎藉口想再次接近珞特罷了。就是這麼一回事兒。我諷笑自己的心，卻仍依心意而行。

六月二十九日

不，很好！一切都很好！我——她丈夫！噢，上帝啊，祢創造了我，若也能賜予我這等福份，我定將一輩子祈禱感謝祢。我不想剛愎自用，不想爭論，請原諒我的淚水，寬宥我的癡心妄想！——但願她成為我的妻子！但願我能將這位天下最可愛的人兒擁在懷裡——威廉，一想到阿爾伯特緊摟著她苗條的嬌軀，我全身便貫穿一陣顫慄。

我能說出口嗎？有何不可呢，威廉？她和我在一起，會比嫁給他幸福的！哎，他不是能滿足她心之所願的恰當人選，缺乏同理心，缺乏──隨你怎麼說吧。讀到好書一段精采之處，珞特與我總心有戚戚焉，他的心靈卻無法同起共鳴；在許多事件中，我與她對第三者的行為往往生起不謀而合的感受。親愛的威廉啊！然而他全心全意愛著她，這樣的愛，難道不值得有回報嗎？

有個討厭鬼打斷了我。我淚水已乾，心煩意亂。再會，親愛的！

八月四日

豈止我一人如此。眾人的希望全落空了，期待也遭矇騙。我去看望菩提樹下那位善良的女人，她的長子一看見我，開心得邊跑邊叫，叫聲引出了母親，但她看來卻是一副遭逢巨變的面容。她劈頭便說：「好心的先生，唉，我的漢斯死了！」漢斯是她么兒。我無語以對。「至於我的丈夫，」她說，「從瑞士回來了，兩手空空的，若非善心人士幫助，恐怕得沿路乞討回家。

他在路上還害了場熱病。」我不知該如何安慰她，默默給了孩子一點東西。她請我收下幾顆蘋果。我依言照做，便心情沉重離開了這處哀傷地。

八月二十一日

我的心境在反掌之間即刻出現轉變。偶爾，我隱約意識到生命的幸福快樂，哎，然而只是曇花一現啊！當我忘情於夢幻裡，總會無法自拔想著：阿爾伯特若死了，會如何呢？妳會成為……是的！她將成為……！我浮想聯翩，追逐著非分之想，直至履及深淵之前，才駭然退避往後。

我穿過城門，走上第一次接迎珞特參加舞會的路，然而一切都變了！往日種種猶如過眼雲煙！前塵往事已然消逝，當時的悸動業已止息。我彷如一縷王侯的幽魂，他重返生前顯赫鼎盛時建造的城堡，堡中裝飾窮盡堂皇奢華，臨終時滿懷希望將城堡遺留給愛兒，如今舊地重遊，城堡卻早已付之一炬，已成一片廢墟。

九月三日

有時我真想不透，怎麼能有另一個人愛她，有資格愛她？因為我是如此專情，如此真摯，愛意如此濃烈，除了她，我別無所識、別無所知、別無所有啊！

九月四日

是的，正是如此。一如大自然秋意漸濃，我心與四周亦一片蕭瑟。我內心的枝葉轉黃，鄰近林木的葉子也已紛紛掉落。乍到此地時，不是在給你的信中提過一位農家小夥子？我此次又在瓦爾海姆打探他的消息，聽說他被攆走了，沒人關心他之後的境況。昨日，我到另一個村子去，路上與他不期而遇，遂與他攀談，他最後把自己的遭遇告訴了我。要是轉述給你聽，你定容易明白我為何感慨萬千了。然而，說又有何用呢？我何不把驚懼與傷害深埋在自己心底，非要你陪著一起憂心悲傷呢？我為何老是給你機會憐憫我、責備我？莫非是我命中注定？

小夥子先是默默不語，面露憂傷，似乎又摻雜了點難為情，爾後才回答我的問話。不過當他回過神來忽地認出我後，很快便毫無保留。他承認了錯誤，埋怨自己遭遇的不幸。老友，但願我能一字不差列舉他的話讓你評斷！他坦承不諱，講述時甚至因為回憶往事而散發幸福與快樂。他承認自己對女主人的愛慕與日俱增，到後來手足無措，不知該說什麼，鎮日魂不守舍，茶不思飯不想，夜裡無法成眠，如鯁在喉；吩咐的事情沒做，不該做的又瞎攪和，有如遭惡靈附身。有天，他知道女主人在樓上房間，於是跟了上去，但毋寧說是被吸引了過去。她充耳不聞他的懇求，他最後竟想以暴力脅迫她就範。他不曉得自己怎麼回事，可是上帝見證，他對她始終存心純良，除了渴望能娶她，與她共度一生外，別無他求。他講了好一陣子，忽然結巴了起來，彷彿仍有話沒有勇氣和盤托出。最後他又露出難為情的神態，承認道：她容許他做些小小的親暱舉動，幾許親熱。他停頓了兩、三次，一再熱切申明這番話並非要毀謗她名譽，而是一如往昔愛她、敬她。他從未對人吐露這事，之所以告訴我，是不希望我認為他是個喪失理智的荒唐之人。我的好友，在此我又要老調重彈了：但願我能準確向你描述他當時站在我面前，眼下彷彿仍浮現我眼前的樣子呀！我多希望能源源本本告訴你，你才能感受我有多麼同情他的命運，又不得不同情呀！不過也夠了，你了解我的命運，也清楚我這個人，想當然明白我何以十分關注不幸之人，尤其是這個不幸的小夥子。

我把信重讀了一遍，發現自己忘了交代事件末尾，其實結局不難猜想。女主人拒絕了他；而她胞弟對他懷恨已久，早想攆他出去，故也插手干涉，因他擔心膝下無子的姊姊倘若再婚，自己孩子將拿不到原本大有希望繼承的遺產。她胞弟藉機立刻將他驅逐，將事情鬧得沸沸揚揚，女主人即使心有所願，也無法再收留他了。如今，她又雇用了另一位工人，聽說她為了這個人和胞弟鬧翻。有人言之鑿鑿她會與這工人成親，但她胞弟心意已決，死活也不會同意。

我所寫的一切，絕非誇大其辭，也無塗脂抹粉，甚至是說得慘白貧弱，平淡無奇，而且粗略簡單，因為我使用了合乎道德的傳統言辭。

這份愛、這份忠誠、這樣的熱情，並非文學杜撰出來的浪漫詩意，而是切切實實存在著。這種純淨無瑕的感情，存在於我們稱為未經教化、粗俗野蠻的下層階級中。我們自詡為受過教育的文化人，實卻被教導成百無一用的書生！我請求你，閱讀此信時務必必恭必敬。今日寫出這一切，我的心波瀾不興——筆跡不似以往潦草凌亂、塗塗抹抹，即可見一斑。親愛的摯友，讀信吧，同時想想，這也是你朋友的故事。沒錯，我也禁受過這一切，未來亦復如此。而我無論勇氣與堅決，都不及這可憐不幸之人的一半，簡直無膽與他相提並論。

九月五日

她寫了張短箋打算寄給因公耽擱在鄉下的丈夫，開頭即：「我最為親密的摯愛，盡快回返呀，我滿懷萬千喜悅期待你返家。」正巧一個朋友來訪，稍來阿爾伯特因為某些狀況無法立即返回的消息。短箋就這麼擱著，傍晚時落到了我手裡。我邊讀邊泛起微笑，她問我笑為何來？「想像力真是神賜的絕妙好禮啊！」我嚷道，「有那麼一會兒，我恍然蒙哄自己這信是寫給我的。」她不再做聲，貌似不開心，於是我也噤聲不語了。

九月六日

我幾經掙扎，終於下了決心，脫掉首次與珞特共舞穿的那件樣式樸實的藍色燕尾服，畢竟已經又破又舊了。不過，我差人按照原來樣式裁製了一件，同樣的領口與衣袖，再搭配一式的黃背心與長褲。

只不過新衣裳總覺得不稱心。我不知道——我想，或許過些時候會喜歡一點吧。

九月十二日

她出門去接阿爾伯特，過了幾天才回返。今日我一走進她房間，她便迎了上來，我滿心歡喜親吻她的玉手。

鏡子旁飛來一隻金絲雀，落在她肩上。「一位新朋友。」她說，把鳥兒誘哄到手上，「要送給我弟弟妹妹的。你瞧！多可愛呀！每次餵牠麵包，翅膀總是撲騰撲騰的，啄食的模樣真優雅。牠還會吻我呢，你瞧！」

她向小鳥兒噘起嘴，鳥兒輕靈地啄著她甜美的芳唇，彷彿真感受到自己享有幸福似的。

「牠也會吻你唷。」她邊說邊把鳥兒送了過來。小小的鳥喙從她的唇移到我嘴上，輕輕一啄，猶如傳遞深情款款的歡愉氣息。

我說：「牠的吻，並非無欲無求。牠想覓食，卻得到空虛的愛撫，最後失望而回。」

「牠也會從我嘴裡啄食呢。」她說著，啣了幾口麵包屑餵牠，唇邊漾起純真慈愛的幸福笑容。

我別過臉去。她不該這麼做！不該如此天真爛漫，如此幸福極樂，刺激我的想像力！不該喚醒我這顆有時因人世淡漠而沉睡的心！——然而，有何不可呢？——她十分信任我，明白我有多愛她！

九月十五日

這世間稍具價值的事物本已寥寥可數，威廉，竟還有人不懂珍惜、愛護，真令人為之氣結！你知道那兩株胡桃樹吧，我與珞特探望某聖教會那位和藹的牧師時，曾一同坐在底下的胡桃樹！上帝知道，蒼鬱繁茂的胡桃樹總讓我心靈充滿至極的喜樂！牧師莊園也因而顯得平易近人，清新涼爽！鬱鬱蔥蔥的枝椏又何其迷人呀！還教人油然懷念起多年前栽樹的可敬牧師。有位小學教師經常提及其中一位的名字，那是他從祖父那兒聽來的。據聞那位牧師為人耿直正派，我在樹下思及他時，往往不由得肅然起敬。我告訴你，昨日小學教師告訴我樹被砍了，敘說時眼眶噙滿熱淚——被砍了！我氣得快要發狂，恨不得宰了砍下第一斧的狗雜碎。倘若我家莊園栽種了這麼樣兩株大樹，我得眼睜睜看著其中一株枯老凋萎，定會哀痛欲絕呀。親愛的好友，幸好有件事聊表慰藉！亦即人類的情感！全村子對此事怨聲載道，我希望牧師娘從奶油、蛋與其他貢品的短少上，察覺到她給此地造成多大的傷害。是的，新任牧師（老牧師業已作古）的妻子正是罪魁禍首！一個骨瘦如柴、病病殃殃的傢伙，由於沒人關心她，所以對世界漠不在意。一個愚婦，竟妄想成為學者，研讀宗教經典，鑽研基督教新流行的道德批判改革，還對拉瓦塔[17]的醉心研究嗤之以鼻。她健康崩毀，病入膏肓，因此生活在上帝的領地裡毫無樂趣。唯有這種可鄙的傢伙，才可能砍掉我的胡桃樹。你瞧，我氣得難以平息怒火！你想一想，她說落葉會弄髒庭院，濕滑發臭，樹木也遮蔽住陽光，核桃成熟了，孩子還拿石頭朝著果實丟，讓她神經衰弱，擾亂她深入思考，無法權衡肯尼寇[18]的學說孰優孰劣！我看見村民憤憤不平，老人尤其憤慨，便問道：「你們何苦要忍受此事？」他們說：「我們這個地方，村長都同意了，還能有什麼辦法呢？」不過，有件事倒還挺公道的。牧師未曾從妻子的古怪念頭上得到好處，於是這回想趁機撈點油水，打算和村長平分賣樹的錢。財

17 譯註：Johann Caspar Lavater, 1741-1801，歌德之友，瑞士基督教神學家，同時也是哲學家與作家，對基督教的看法大膽前衛，影響當時眾多作家與思想家。

18 譯註：肯尼寇（Benjamin Kennikot，1718-1783）、塞姆勒（Johann Salomo Semler，1725-1791）和米歇爾斯（Johann David Michaels，1717-1791，三位皆為歌德當代的知名教授，嚴格研究聖經內容。

務局一得知此事，便吩咐道：「將樹送來！」由於財務局擁有牧師莊園的產權，亦即胡桃樹生長之處，因此將樹賣給了出價最高者。樹還躺在那裡！噢，但願我是侯爵呀！否則我會把牧師娘、村長和財務局——侯爵！——哎呀，倘若我真是侯爵，幹嘛還操心領地上的樹！

十月十日

只要能看見她那烏溜溜的雙眸，我便心花怒放！瞧啊，我感到沮喪的是，阿爾伯特似乎不像他——期望的——也不如我以為的——那麼幸福——如果——我不喜歡使用破折號，但我只能如此表達——而我認為這樣十分清楚了。

十月十二日

莪相排擠掉我心目中荷馬的地位。這位詩華煥發的偉人，引領我進入了一個什麼樣的世界啊！在曠野上遊蕩，狂風呼嘯肆虐，月色朦朧昏暗，祖先的英靈在濃霧湧動中順風而至；耳邊聽見崇山峻嶺間林濤颯颯咆哮，時而夾雜著洞穴裡幽靈的嗚咽哀鳴，以及少女在光榮陣亡戰士——她的情人——覆滿青苔蔓草的四塊墓石旁傷心悲泣。接著，我看見了他，白髮蒼蒼的吟唱詩人漫遊在袤廣的曠野上，尋覓祖先的蹤跡。哎！找到的卻是祖先的墓碑。他悲歎痛苦，遙望夜空那顆閃耀的明星隱沒在滾滾洪濤裡。往昔的時光栩栩如生地在英雄的心頭甦活，當年，星輝親切地照亮勇士們置身的險境，月華灑落在飾以花環、凱旋而歸的戰船上。在他的額頭眉間，我讀出深沉的哀愁，看著碩果僅存的偉人，筋疲力盡蹣跚走向墳墓，從已逝親友虛軟無力的暗影中，不斷吸取熾熱得灼痛的新歡愉，俯視冰冷的地面和迎風款擺的莽莽茂草，喊道：「漫遊者即將到來，曾認得我往日颯爽英姿的漫遊者就要來到，他會問道：『芬格爾[19]那位卓爾不群的公子——那位吟唱詩人而今安在？』

19 譯註：Fingal，相傳為莪相之父。

他將踏過我的墳墓，在人世間詢問我的下落，卻只是徒勞無功。」噢，朋友呀！我多希望如一位高貴的武士，拔出劍來，解救我的侯爵擺脫緩緩死去的抽搐折磨，讓我的靈魂隨著這位解脫的半人半神而去。

十月十九日

啊，這種空虛！我胸臆中這種毛骨悚然的空虛啊！我常想，若是我能擁她入懷，讓她依偎在心口中，一次就好，就能填補這份空虛。

十月二十六日

是的，我十分確信，親愛的好友！我十分確信，而且越發篤定，人的存在著實無足輕重，甚至可說微不足道。有位朋友來看珞特，我退到隔壁房間，取了本書，卻無心閱讀，於是拿起筆打算寫點東西。我聽見她們輕聲交談，聊起芝麻瑣事，講點城裡的新鮮事：誰成了親，誰又病入膏肓。客人說：「她乾咳不止，臉都瘦凹了，還常常昏厥。我看她來日不多了。」「N也生病了。」洛特說。客人接過話：「是啊，他全身都浮腫了。」活躍的想像力立即把我帶到可憐人的病榻旁，我看見他們頑強對抗生命，苦苦掙扎，看他們——威廉！我這兩位女士卻談得無關緊要，就像一般人在談及陌生人的死訊一樣。我環顧四下，打量這居室，眼下盡是洛特的衣裳和阿爾伯特的手稿，以及我熟悉的家具，乃至於這墨水瓶，心想：瞧，你對這家庭來說算什麼呢？總而言之，你的朋友敬重你！你帶給他們歡樂，心裡似乎知道沒有他們，你無以為繼。然而，要是你走了，要是你離開這圈子呢？他們會感受到你的離去給他們命運造成的空缺嗎？這種感受將持續多久？多久呢？噢，人生如寄呀。即使十足確信自己在摯愛之人的思念與心靈裡留下獨一無二的鮮明印象，也同樣注定將煙消雲散，骨化形銷，而且速度迅雷不及掩耳！

十月二十七日

人情淡薄至此，常使我恨不得撕裂胸膛，撞破腦袋。哎，倘若我未給予他人愛、歡樂、溫暖與幸福，他人也不會反饋於我。即使我秉著一顆喜樂幸福的心，也無法使眼前冷淡無情、虛軟乏力之人欣喜雀躍。

十月二十七日，傍晚

我熱情洋溢，然而對她的感情吞食了一切；我不虞匱乏，然而沒有了她，一切將化為烏有。

十月三十日

我起了上百次的念頭，想要擁抱她呀！偉大的上帝知道，一個人眼前出現琳琅滿目的心愛之物卻不准伸手抓取，會有多麼難受。而伸手取物卻是人類最自然的本能。孩子不是看見東西就抓嗎？而我呢？

十一月三日

唯有上帝明白！我躺臥在床，屢屢希望甚至是渴望，從此不再醒來。然而隔天一早睜開眼，又見旭日東升，我不由淒苦哀傷。噢，我心陰晴不定，若能怪罪於天氣，怪罪於第三者，或者一件沒辦好的事情上，心頭難以承受的負擔或許能減輕一半吧。我好痛苦呀！我真真切切感受到一切罪過全都在我——不，不是罪過！夠了，深埋我心底的萬苦之源，正是當初一切喜樂的泉源。難道我不再是那個情感豐沛、快意逍遙、一步一天堂，心中愛意無限擁抱世界的人了嗎？這顆心已死，喜悅不再湧流；我的眼睛乾澀，再也沒有滋潤的淚水能夠鮮活我的感官；眉頭也惶惶不安緊蹙深鎖。我痛苦萬分，我失去了生命中唯一的狂喜，失去賴以創造周遭一方世界的神聖活力。這股力量已然消逝了！我憑窗眺望遠方山丘，晨曦穿透薄霧照耀峰巒，灑落在寂靜的草地上，徐緩的河水流經葉落枝枯的柳林蜿蜒而來。噢！華麗的自然風光如同一幅小漆畫凝定在我眼前，然而萬般的幸福也無法從我心靈取其一滴甘蜜，灌入腦裡。我在上帝面前成了一座枯井，一個裂痕斑斑的水桶。我屢次撲伏在地，祈求上帝賜予淚水，猶如農夫在晴空高掛、土地龜裂時祈雨一般。

可是啊！我感覺上帝不會因為我們拚命懇求，便天降甘霖，陽光普照大地。那些現今一回首便覺折磨的時光，當初為什麼令我感到歡喜呢？因為那時我耐心恭候聖靈降臨，心懷感激，專心一意領受祂灌注於我身的狂喜！

十一月八日

她責備我放縱不知節制！啊，她的模樣多嬌嫩可人啊！所謂恣意放縱，指我有時本只喝一杯酒，到後來卻喝掉了一瓶。「你別這樣。」她說，「想一想路特我呀。」「想一想！」我說，「這還需妳來說嗎？我想著、我不想！妳時時刻刻在我心裡。今日，我就在妳最近下馬車的地方坐著。」她說起了別的話題，不希望我一個勁兒說下去。我的摯友呀，我完了！她可隨心所欲操弄我了。

十一月十五日

威廉，謝謝你貼心的關懷，謝謝你善意的忠告，可是我請求你放心，由我承受下去吧。即使我疲憊至極，渴求一死，仍有足夠的力量堅持到底。我尊敬宗教，你這點明白。我覺得宗教是某些乏力者的手杖，是某些飢渴者的清涼劑。只不過，宗教難道適合每個人，且一定適合每一個人嗎？你要是望一眼這大千世界，即可發現，成千上萬的人無論信教與否，在過去、在未來，宗教都不會對他們造成那樣的作用。那麼，宗教於我乃屬必然嗎？上帝之子不也說過：上帝差來的人才能處在祂身邊嗎？若上帝未將我差給祂呢？倘若如同我心所訴，上帝希望把我留在自己身邊呢？請你別曲解我的意思，別把這番誠心之論視為嘲諷。我對你瀝膽披肝，坦誠相告，否則寧可緘默不語，因為我不樂意談及與他人一樣所知甚少之事。人之命運，無非注定要歷經坎坷苦難，飲盡杯中苦酒，不是嗎？既然上帝之子也覺得這酒又苦又澀，我何必大言不慚，佯裝酒甘美香甜呢？當我整個人在生存與毀滅之間顫抖，當往昔種種宛如閃電照亮未來的陰鬱深淵，周遭一切紛紛陷落，世界與我同歸於盡之際，在如此可怖的時刻，我何必感到羞慚？那位受盡壓抑、缺乏自我、不斷墜落的人子，都已徒然使盡貧弱之力，從內心深處咬牙大喊：「上帝啊，我的上帝，為何棄我而去？」能將穹蒼如布幔捲起的人子尚且難免這一刻，我又何必惶惶不安？何須為自己這番言論無地自容？

十一月二十一日

★她看不見，也感覺不到自己正在調製毒藥，將置我與她於死地。我歡欣雀躍，一咕嚕喝光她遞來的這杯毀滅之液。她經常——經常？——不，並非經常，而是有時憐憫地凝望著我，有何深意？她欣然接受我自然流露的情感，額頭上刻畫出對我的痛苦感同身受的同情，又有何用意？

昨日我離開時，她握著我的手說：「再會，親愛的維特！」親愛的維特！這是她初次喚我「親愛的」，這字眼滲透了我四肢百骸。我重複了無數次，夜裡要就寢時，還自言自語了半天，最後竟驀然冒出：「晚安，親愛的維特！」語畢，自己也忍俊不禁。

十一月二十二日

★我無法祈求：「把她留給我吧！」可我往往感覺到她屬於我。我無法

★中德文朗讀

祈求：「將她賜予我吧！」因為她已是他人妻子。我刻意奚落自己的痛苦，倘若放縱了自己，我將會永無止盡與自己進行單調的答辯。

十一月二十四日

她感受到我承受的苦痛。今日，她的目光深深穿透我心裡。我發現她獨自一人。我沉默不語，她則注視著我。在她身上，我再也見不到迷人的花容玉貌，見不到才氣縱橫的光輝，一切都從我眼前消失了。然而落在我身上的目光更為深切動人，滿載至誠的關懷、甜蜜的愛憐。為何我不能匍匐於她腳下，不能摟著她印上千萬個吻來回應呢？她躲到鋼琴那兒去了，甜美的嗓音搭配鋼琴旋律，輕聲吟唱和諧的曲調。我從未見過她的櫻唇如此性感撩人，一歙一張，彷彿飢渴地吸吮樂器湧現的甜美響音，最後只聽得神祕妙音從她純淨的口中迴盪流洩。哎，但願能向你描繪當時的情景！我再也抵擋不了了，屈身發誓道：「芳唇啊，我從不敢冒昧親吻你們！因為唇上飄浮著天

★中德文朗讀

使。」然而，我卻想要！哈！你瞧，我的心靈之前如同隔著一堵牆……享受這份喜樂……接著，以死抵償罪孽——罪孽？

十一月二十六日

★我有時告訴自己：你的命運是獨一無二的；歌頌他人的幸福吧！——從未有人如你一般飽受折磨。後來我讀起一位古代詩人的詩篇，好似窺見自己的內心。我竟得承受這麼多的痛苦！哎，在我以前的人難道已如此不幸了嗎？

★中德文朗讀

十一月三十日

我注定無法再振作了，真的無能為力了！我所到之處，無不遇見令我六

神無主的景象。就在今日！噢，命運呀！噢，人類呀！

晌午，我沒有胃口，於是沿著河邊漫步。滿目荒涼寂寥，濕冷的西風從山峰吹拂而來，灰濛濛的雲雨席捲山谷。我遠遠看見有個人穿著破舊的綠色外套，在巖石間攀上爬下，似乎在尋找藥草。我朝他走近，腳下發出的聲響驚動他倏地轉過身，一張耐人尋味的臉龐頓時映入眼簾。他臉上刻畫著沉靜的哀愁，卻也流露出坦率與良善；黑髮以髮簪卷出兩個髻，其餘綁成粗辮垂在背後。從衣著推斷，應是個出身卑微之人，因此我若好奇在旁觀察，他想必不會見怪。於是我問他在找什麼？他深深嘆了口氣，答道：「我在找花，可是一朵兒也沒找到。」我笑道：「眼下還不是時節呀。」「這季節其實花很多的。」他邊爬下來邊說道。「我家花園裡有玫瑰和兩種忍冬花，其中一種是父親給我的，長得像雜草一樣茂盛。我已經找它兩天了，卻怎麼也找不到。外頭有很多花，黃的、藍色和紅的，百金花還開了漂亮的小花，可是連個影子也沒有。」我察覺事有蹊蹺，於是特意拐彎抹角問：「您找花做什麼呢？」一抹奇特的微笑閃過他臉龐。「您可不能講出去唷。」他把一根手指抵在唇上，「我答應送束花給我的心上人兒。」我說：「那很好呀。」「呵，她擁有很多其他東西，可富有的呢。」「可是她喜歡您的花呀。」我回道。「呵！她有金銀珠寶和一頂皇冠。」他繼續道。「她叫什麼名字呢？」「如果荷蘭共和國雇用了我，」他說道，「我就不會是今日這景況了。曾經我也意氣風發過呢！但如今我完了，一切都……」他仰望蒼天，眼眶濕潤，這已表明了一切。「您曾經過得很幸福嗎？」我問。他道：「真希望能再回到從前呀！那時候，我過得多快活啊，如魚得水，輕鬆愜意呢！」「海里希！」有位老婦人朝這兒來，喊道：「海里希！你躲到哪兒啦？我們到處找你，回家吃飯了！」「他是您的兒子嗎？」我迎上前問道。「沒錯，是我可憐的兒子！」老婦回答說。「上帝給我套上的沉重十字架。」「他這副樣子多久了？」我問道。「安靜下來約莫半年光景。謝天謝地，幸好沒再惡化了。之前他瘋癲了一整年，不得不用鏈條鎖在瘋人院裡。他現在不會惹人麻煩了，只不過還會瞎說什麼國王和皇帝的。他以前是個沉默寡言的老實人，幫我賺錢養家餬口，寫得一手好字。沒想到忽然間變得憂鬱消沉，後來患了嚴重的熱病，結果人竟發了狂，最後就變成您現在看到的模樣。若真要說起這件事，先生——」我打斷她滔滔不絕的話，問道：「他曾自豪自己有段日子過得十分幸福快活，那是什麼時候呢？」「這個傻子呀！」她疼惜地笑嚷道，「他指的是失心瘋的時候，他老是在誇耀那段日子！他那時被鎖在瘋人院裡，完全意志不清呀。」這話於我有如青天霹靂，我在老婦人手裡塞了一枚錢幣，趕緊匆匆離去。

「你那時過得多幸福呀！如魚得水一般！」我高喊著，匆匆走向城裡。天堂的上帝啊，祢竟如此擘畫了人的命運，唯有懵懂無知與喪失理智時，人才會覺得幸福！可憐的傢伙！我多羨慕你的消沉沮喪，羨慕萬般折磨著你的癲狂混亂！你滿懷希望，在寒冬外出為你的皇后採花，卻一無所獲而黯然神傷，無法明白為何如此。而我，我不抱希望出門，漫無目的在外遊蕩，回家時依然沒變。你癡想荷蘭共和國若是雇用了你，將會成為何等人物。有福之人啊！你將一己之不幸歸咎於世間的阻礙。你完全感受不到！感受不到你的不幸全存乎於你破碎的心與受損的腦袋，即使動用世間各地國王，也無法助你一臂之力。

一個病人長途跋涉到遠方溫泉療養，卻致病情惡化，臨終時反而更痛苦，若譏諷這種人，絕對死無善終！一個人心靈飽受折磨，於是徒步前往聖墓朝拜，希冀擺脫良心譴責，消除心靈痛苦，若輕蔑這種人，絕對不得好死！走在磨破腳底的荒涼路徑上，每踏一步，惶恐不安的心靈猶如獲得仙丹撫慰；每完成一日長途跋涉的旅程，即能減少心靈的諸多愁苦。你們這些舒舒服服高坐軟墊的空談者，能稱其瘋癲妄想嗎？——瘋癲！——噢，上帝啊！祢看看我的淚吧！祢已將人造得悲慘可憐，卻還加上幾位兄弟，讓他們奪去卑微的家當，奪走對祢、對祢，對祢這位博愛者僅存的微薄信任！我們相信藥草、相信葡萄酒，不正是因為相信祢，相信祢在我們周圍萬物中，放進治療和減輕痛苦的力量，我們無時無刻不需要的力量嗎？我素未謀面的天父！祢充盈我全副靈魂，現又別過臉去的天父！請召喚我到祢身邊！別再沉默！祢的緘默不語，阻攔不了飢渴至深的心靈。意外返家的兒子，抱住父親嚷道：「我回來了，父親！請別惱怒我中斷了漫遊之旅，未如你願多加堅持。世界都是一個樣，付出辛苦與勞力，便會收穫報酬與歡樂。然而，那於我有何用呢？唯有在你身邊，我才快樂；我想要在你跟前受苦與享樂。」身為人父，想必不會發怒吧？而祢，天上親愛的父呀，難道祢要斷然拒絕他嗎？

十二月一日

威廉！我在信上提及的那位不幸的幸福之人，以前是路特父親的書記。他愛慕路特，深埋心底許久的愛意日漸滋長，最後終於開口表白，結果丟掉差事，成了瘋子。這些文字枯燥乏味，然而，請你體會一下，我聽到這事時心裡有多震撼！阿爾伯特敘述時十分冷靜，或許你閱讀時也一樣吧。

十二月四日

我求求你——你瞧，我毀了，我再也受不了了！今日，我坐在她身旁，就坐著，她彈奏鋼琴，旋律多變，曲曲流露出扣人心弦的情感！全部！全部都是！妳要什麼？她的么妹坐在我膝上裝扮著娃娃。我熱淚盈眶，低下頭去，她的婚戒躍入我眼簾，我的淚水於是撲簌簌落下。忽然間，她彈奏起那首熟悉的甜美旋律，一陣撫慰頓時流過我心靈，往日回憶一一湧上心頭，我

想起乍聞此曲的美好時光，想起煩躁低落以及希望落空的日子，還有——我起身在房裡踱來踱去，一顆心糾葛緊糾，簡直快要窒息。「看在上天的分上，」我猛然衝向她，情緒激動嚷道：「看在上天的分上，請妳別彈了！」她停下手，目瞪口呆望著我。「維特，」她露出微笑道，笑容穿透了我的心。「維特，你病得不輕呀，連最喜歡的東西也感到厭煩了。回去吧！回去好好靜下心來。」我倏地轉身離去。上帝啊！祢見著了我的苦難，請將之了結吧。

十二月六日

她的倩影寸步不離跟著我！無論清醒或在夢中，始終充盈了我整顆心！這裡，我一閉上眼，在我腦內視力匯聚的額頭裡，即浮現她烏黑的雙眸。就在這裡呀！我無法表達清楚。我一閉上眼，那雙眸子即刻出現，宛如大海，猶似深淵，靜靜落在我眼前、我心裡，占據我腦袋裡所有的心思。

那位備受推崇的半人半神[20]，他又如何？他在最需使力之處，卻欠缺力

20 譯註：指創造人類的神，此處影射偷火給人的普羅米修斯。

量；他因歡樂而雀躍，或因痛苦而沉淪之際，卻受到羈絆；他渴望融入無窮的永恆當中，卻一再被迫恢復遲鈍、冰冷的意識。

編輯致讀者

Der Herausgeber an den Leser

Die Leiden des
Jungen Werther

編者致讀者

我多麼希望我們的朋友留下充分的親筆手稿，描述他生前最後的奇特日子，我便無須插話解釋，打斷他書信的順序。

★我挖空心思，走訪了解他經歷的人，從他們口中蒐羅詳細的資料。故事十分單純，眾人的說法大同小異，唯各人對當事人的性情眾說紛紜，評價也南轅北轍。

我們僅能盡量鉅細靡遺講述多方奔走下得知的訊息，佐以亡者遺留的信件，即使是再小的信箋也不敢掉以輕心。由於事情發生在這些不尋常之輩身上，因此我們就算只是想揭發單一事情的真正原始動機，卻也困難重重。

★維特的心裡，煩悶、氣惱與委靡不振逐漸往下扎根，越扎越深，至而盤根錯節，久而久之占據他整個心。寧靜和諧的精神徹底遭到摧毀，內心暴烈狂躁，混亂他一切天賦能力，導致嚴重的後果，身心俱疲。然而，他拚命想掙脫，惶惶憂懼，比之過往對抗苦難猶有過之。恐懼蠶食殘餘的心力，耗損了蓬勃的活力與敏銳度，他從此鬱鬱寡歡，愈來愈不快樂，因而也越發乖僻。至少，阿

★中德文朗讀

★中德文朗讀

爾伯特的朋友如此說道。他們認為，阿爾伯特是個真摯穩重的丈夫，享有希冀已久的幸福；但維特無法正確評斷阿爾伯特及其欲白頭偕老的渴望。維特猶如一位日日恣意揮霍財產，晚年則窮苦潦倒之人。他們說道，阿爾伯特在這麼短的時間內絲毫未變，仍是維特當初認識時即十分珍視與敬重的那個人。他愛珞特勝於一切，以她為榮，希望人人同樣肯定她是個卓絕群倫的人兒。因此，如果他想避免猜疑，如果他不願意與他人共享珞特這個珍寶片刻（即使一切皆單純無邪），難道有人能責備他嗎？他們皆承認，維特在珞特身邊時，他往往會離開房間，並非怨恨這位朋友抑或心生反感，而是因為感覺自己若在場，會使維特感到侷促不安。

珞特的父親身體微恙，只能待在家裡休養，於是阿爾伯特派馬車去接珞特出門。那是個美麗清朗的冬日，剛降下一場彌天初雪，銀雪覆滿大地。

維特次日早晨也跟了過去，打算阿爾伯特若沒來接珞特，便陪伴她回家。

風和日麗的天氣也無法提振他陰鬱低落的情緒，他心頭始終壓抑沉悶，悲傷的情景流連不去，痛苦的思緒接踵而來，一個又一個。

他對自己永遠不滿意，別人在他眼裡因而更加問題重重，雜亂無序。他認為自己擾亂了阿爾伯特與夫人之間的美好關係，對此深為自責，卻也暗地摻雜了對這位丈夫的厭惡。

一路上，這件事在他腦海縈繞不去。「是呀、是呀，」他自言自語，暗暗咬牙切齒說，「這就是所謂信任、友善、溫柔、全心全意的關係，是持久穩定的關係！不，那是厭煩、是冷漠啊！哪一件愚蠢的事情不比忠貞、珍貴的妻子更加吸引他？他懂得珍惜自己的幸福嗎？他懂得給予她應得的尊重嗎？他得到了她，好極了，他擁有了她——這點我明白，如同我也明白其他事情一般。我習慣了這個念頭，但這念頭把我逼瘋，會殺了我。他對我的友情無懈可擊嗎？難道不認為我對珞特的依戀侵犯到他的權利嗎？不認為我對她的關懷是種無聲的譴責？我心知肚明得很，我感受得到他厭惡見到我，希望我滾遠一點，我在這兒對他是個棘手麻煩。」

他經常乍然停下急促的腳步，經常靜靜佇立，似乎想要回頭。然而，卻又再三邁步往前，心裡揣著千頭萬緒，一路叨叨念念，最後極不情願似地終於抵達獵莊。

他邁入大門，問起老人家和珞特的狀況，察覺到屋內有些騷動。大弟說瓦爾海姆發生了不幸之事，有個農夫遭人打死了！但維特沒太在意此事。他走進老人家臥室，看見珞特忙著勸阻無視健康狀況，想到現場調查案情的老人家。兇手身分仍舊未明，死者一早在自家門口被人發現。眾人推測喪命者是一位寡婦的僕人，她以前曾經雇用過另外一名，但後來遭攆出門，那人最後忿忿不平離去。

維特一聽及此，猛然一震，叫道：「這很有可能！我得即刻趕過去，絲毫不能耽擱！」他匆匆忙忙趕到瓦爾海姆，往事歷歷在目浮現眼前，他毫不懷疑是那個與他有數次談話的人犯下了案子，那個他十分珍視的人。

他必須穿越菩提樹，才能到達擺放屍體的客棧，原本深受喜歡的寧靜之地頓時使他怵目驚心。鄰居小孩經常在那兒玩耍的門檻上血跡斑斑。愛與忠貞，這兩種人類最美麗的情感，轉變成了暴力與謀殺。粗壯的樹幹光禿禿矗立著，枝椏覆滿白霜，教堂墓地周圍矮牆上，秀麗樹籬的葉子已凋零盡落，遭白雪覆蓋的墓碑從疏疏落落的空隙探出頭。

他離客棧愈來愈近，全村的人已聚集在此。忽地，傳來一陣叫喊。遠遠看見武裝士兵走過來，村民此起彼落喊道：「兇手抓來了。」維特一眼望去，疑慮頓失。沒錯！是那名刻骨銘心愛著寡婦的農夫，不久前維特滿懷抑鬱怒氣與絕望四處遊蕩時，還遇見過那人。

「不幸的人啊，你幹了什麼傻事啊！」維特喊出聲，走向被捕者。對方一聲不吭靜靜看著他，最後淡然說：「誰也不能占有她，她也不可以擁有任何人。」被捕者被押進客棧，維特急忙快步走開。

經過這可怕的強烈衝擊，他方寸大亂，思緒紛雜。驀然間，他被拉出悲傷、憤怒與自暴自棄等種種情緒，一股無法抗拒的同情席捲而來，心中亦湧現無以名狀的渴望，想要拯救這個人。他覺得農夫境遇悲慘，相信他雖是個罪犯，卻仍是無辜之人。維特對他的處境深深感同身受，進而確信自己絕對能扭轉別人對他的觀感。他已經希望能為此人辯護，雄辯之辭簡直要脫口而出了。他趕往獵莊，路上早已忍不住低聲脫口而出要向法官說明的話了。

他踏進寢室，發現阿爾伯特也在場，一時間為之敗興。然而他立刻回過神，慷慨激昂向法官陳述見解，但法官屢屢搖頭。維特激揚陳詞、熱情洋溢、合情合理，使出渾身解數為其辯護，法官依然不為所動。這倒也不難想像。法官甚至不讓我們的朋友講完，便激動反駁，斥責他竟然袒護殺人兇手！他指出，若按照維特的想法，法律將無效力，國家安全受到嚴重危及。此外，他補充道，對於這類案件，他必須負起最大責任，一切依法辦理，按規章處事。

維特仍不死心，一個勁兒懇求法官網開一面，若是有人幫助逃獄，請他睜隻眼閉隻眼！法官同樣拒絕了。阿爾伯特這時終於開口說話，他也與法官持相同立場。維特孤立無援，聽到法官屢屢說道：「免談，他罪無可逭！」悲痛得無以復加，遂離開了獵莊。

維特聽了此話有多沮喪難過，從一張在他文件中找到的小紙條可見一斑，紙條確實是在當天寫下的。

「可憐人啊，你罪無可逭！我明白，我們全都罪無可逭。」

阿爾伯特在法官面前對於被捕者所表述的那番話，令維特深惡痛絕，他感覺話中有話，有些慍懟是衝著自己來的。維特機敏聰慧，幾經思量，法官與阿爾伯特的話或許不無道理。但是他仍舊不願承認，彷彿一旦認同，即背棄了自己的本性。

我們也在維特的文件中發現一張信箋，或許能充分傳達他與阿爾伯特的關係。

「我即使反覆告訴自己，他是個正直善良的好人，又有何用呢？我依然心如刀割，無法處事公正。」

傍晚溫煦輕柔，積雪似乎要融了，珞特和阿爾伯特徒步返家。途中，珞特不時左顧右盼，彷彿沒有維特隨行在側，心中悵然若失。阿爾伯特談起了維特，指摘他的不是，卻也講了幾句公道話。他提及維特的激情恐招來不幸，希望盡可能少來往。「我這也是為我們著想。」他說。「我求妳，設法改變他對妳的態度，別讓他經常來訪，會引人側目的。我知道外頭已經議論紛紛了。」珞特不發一言，阿爾伯特似乎察覺出她的沉默，從此不再對她提起維特，甚至她主動提及時，他若非不吭聲，便是轉移話題。

維特營救那位不幸者的努力付諸流水，猶如燭火將滅前的最後一次猛烈灼燃。他益發痛苦，越加懈怠了。尤其當他聽說那人否認犯案，自己可能被傳為證人指證他確實有罪時，更是氣得近乎癲狂。

過去工作上遭遇的不快、在公使館受的窩囊氣，以及種種挫折與屈辱，洶湧翻騰他的心湖。一切的一切，在在使他認為自己無所作為是應該的。他感覺前景黯淡無光，六神無主，無能為力處理日常事務，一味耽溺在異樣的感受、思緒，以及永無止盡的激情裡，與親切和善的心愛之人哀傷周旋，擾其清淨，毫無希望、毫無目的地消耗自己全副精力，終而逐漸邁向悲慘的結局。

在此將編入幾封他遺留的書信，藉以強力佐證他的迷惘混亂、熾烈激情，他不眠不休的努力與追求，以及對於生命的厭倦。

十二月十二日

親愛的威廉，我目前的狀態，正猶如世人眼中遭到惡靈糾纏驅趕的不幸者。有時，一陣情緒襲來，既非恐懼，亦非欲望，而是內在一股莫名的狂躁怒吼，眼看要撕裂我的胸膛，扼緊我咽喉！令我難過啊！痛苦啊！我只好在這惡劣的時節遊蕩於駭人的夜色裡。

昨晚，我在家待不住，不外出不行。白雪驀然融化，我聽說河水氾濫，溪流湍漲，從瓦爾海姆沖湧而下，淹沒我心愛的谷壑！夜裡十一點多，我奔出家門。怒騰騰的洪流在月色中從山巖旋湧急瀉，漫淹過農田、草地、籬笆，狂風呼嘯，寬闊的谷壑彷彿成了奔馳肆虐的汪洋，景象怵目驚心！爾後，月亮又探出頭，高掛烏雲上，面前的湍流在清冷可怖的月輝映照下翻滾、咆哮。我不寒而慄，卻又心生嚮往！我展開雙臂，迎向深淵而立，喘著氣：跳下去！跳下去！我欣喜若狂，欲將折磨著我的痛苦一股腦兒拋下，如波濤般怒奔而去！喔！可是我無法舉足離地，結束這一切的磨難！我感覺得出來我時候未到！哎，威廉啊！若能駕狂風驅散烏雲，遏止滾滾洪濤，即使要獻出我的生命，亦在所不惜啊！哈！這樣的喜悅，或許無法分享給身繫囹圄之人吧？

我憂傷滿懷，俯瞰一次與珞特散步累了，在柳樹下歇腳的小地方，那兒也遭了水漫，幾乎認不出柳樹。威廉啊！我想到了她家草地與獵莊附近地區！我們的涼亭這會兒想必也給急流摧毀得體無完膚吧！昔日的陽光照進了心靈，就如囚徒夢見了畜群、牧場，夢見了加官晉爵！我久久佇立！我不會責備自己，因為我有一死的勇氣。我應該……眼下，我枯坐於此，猶如一位從樹籬下撿拾薪柴，挨家挨戶乞討糧食的老嫗，希望讓即將油盡燈枯的無趣人生好過一點，再多苟延殘喘些時刻。

十二月十四日

怎麼回事，親愛的？我竟怕起自己來了！我對她的愛不是最為聖潔、最為純真的手足之情嗎？我何曾在心中升起該受懲罰的邪念？但我不想對此發誓。但如今，這許許多多的夢！那些將林林總總矛盾的結論歸之於神祕力量的人，他們的感受是千真萬確的啊！這一夜！——說起來仍一陣哆嗦——這一夜我將她擁入懷，緊緊貼著心窩，在她情話綿綿的櫻唇印上無數個吻，在她的媚眼秋波中沉醉蕩漾！上帝呀！至今我依然殷殷切切回味那銷魂熱情而感受到至福喜悅，這該受到懲罰嗎？珞特！珞特！我完了！我心亂如麻，整整八天神緒迷亂，眼睛噙滿淚水。既然我無處得以安適泰然，那麼在哪兒也都一樣的。我無所希冀、無所企求，一走了之，或許最好。

★這段時間，處在此種境況的維特，辭世的決心逐漸根深柢固。自從他回到珞特身邊，辭世始終是他最後的願景與希望。然而，他也告訴自己，此事不宜貿然躁進，須應抱持美好的信念，盡可能沉著堅定邁出這一步。

★中德文朗讀

他的困惑懷疑，他的自我爭辯，可從他文件中發現的一張信箋窺見一斑，那應該是寫給威廉書信的開頭。

她的存在，她的命運，她對我際遇的關懷，仍能從我燒灼乾涸的腦子裡擠出最後幾滴淚水。

拉起帷幕，走到幕後！不過如此罷了！何需遲疑膽怯？因為不知道幕後是何種風景？因為一去不復返嗎？面對未知之事，我們總習於預想是混沌、是晦暗的，這正是我們的精神特質。

終於，這個哀傷的念頭在他心中逐漸清晰，越發熟稔，他心意已定，不容挽回。下面這封寫給朋友的信語帶雙關，昭然揭示了他的決心。

十二月二十日

謝謝你如此理解我的話語，威廉，謝謝你的關愛。是的，你的想法沒錯：離開對我比較好。你建議我回到你們身邊，這點我不太苟同，至少我想再繞點路，尤其冰霜還有希望再結凍一陣子，路眼看會比較好走。我很高興你要來接我，不過再晚個十四天吧，等我另一封信捎去消息。未熟之果，萬萬不宜摘採。兩週，能夠辦成許多事。請轉告我母親為她的兒子祈禱，懇請她原諒我帶給她的種種苦惱。我這本該給予歡樂之人，卻反倒使其悲傷，這就是我的命運。再會，我忠心耿耿的朋友！願上天賜福一切於你！再會！

珞特這段日子的心路歷程，及對丈夫、對不幸友人的觀感為何，我們不便妄自描述。不過，依我們對她性格的了解，心中立刻能有個梗概；此外，一個心靈優美的女性應也能感同身受她內心的情感吧。

確定的是，她心意堅定，故而挖空心思特意疏遠維特，若曾顯露出任何躊躇，也是出於愛護朋友的真心。她何嘗不明白維特有多難受、有多難熬！這陣子，她迫於形勢，不得不鄭重其事。丈夫閉口不談此事，她也同樣隻字不提。以向丈夫行動證明自己並未辜負他心意，她認為更為緊要。

前述插入維特給朋友的信，是聖誕節前的星期日寫的。同一日，他在傍晚去看望珞特，發現她正獨自忙著收拾要送給弟弟妹妹的聖誕玩具。維特聊起他們收到禮物想必開心得歡天喜地，說道打開門的那一剎那，見著裝飾著蠟燭、糖果和蘋果的絢麗聖誕樹，一定宛如置身天堂，雀躍不已。珞特嫣然一笑，以掩飾尷尬，說道：「只要你乖乖聽話，舉止得宜，也會得到禮物呢，譬如一條長蠟燭之類的。」「妳說乖乖聽話是什麼意思？」他嚷道，「親愛的珞特！我該怎麼辦？我能怎麼做？」「星期四晚上是聖誕夜，孩子們會過來，我父親也來，每個人都能拿到禮物，你也一起來吧。不過，在此之前別過來了。」維特一聽愣住了。珞特又道：「求求你，就是這樣，請你為了我的安寧著想。不能，不能再這樣下去了。」他別過臉，在房裡走來走去，咬著牙喃喃念道：「不能再這樣下去了！」珞特察覺到維特聞言後異樣得可怕，趕緊提出各式各樣的問題企圖使其分心，然而只是枉然。「不會了，珞特，」他嚷著，「我不會再見妳了！」「為何？」她語氣堅定問道。「維特，你可以見我們，也非得見我們不可，只不過要適度啊。唉呀，為什麼你天生偏生了副急性子，什麼事總是死心眼一頭栽進去！」她握住他的手又說：「請你自我節制，適度而為呀！你的智慧、學識與才能，不也都能帶給你快樂嗎？像個堂堂男子漢吧！請別苦苦依戀一位除了同情，什麼也不能做的女子啊。」他咬牙切齒，陰沉地望著她。她緊握他的手說：「維特，請平心靜氣想想！你不覺得你自欺欺人，存心毀了自己嗎？為什麼非要愛我，維特？偏偏是我這個已有歸宿之人？恐怕，恐怕正是得不到我，才讓你的渴望如此激烈吧。」他抽回手，怒目而視。「高明！」他喊道，「十分高明！或許是阿爾伯特的看法吧？冠冕堂皇！十分冠冕堂皇！」「這話人人都會說呀！」她答道。「難道在這廣大的世間，沒有姑娘能夠滿足你心所願嗎？強迫自己去找吧，我保證你會找到的。這陣子你將自己局限在這一方狹窄的天地，我早已為你、為我們憂心忡忡。叫自己採取行動吧！出門走走，旅行能幫你消愁解悶，一定會的！去吧，找個值得愛戀的對象，屆時回來，我們一起沉浸在真正友情帶來的幸福裡吧。」

他冷笑道：「這番話倒是可付梓成書，推薦給所有家庭教師呢，親愛的珞特！請讓我沉澱一會兒，一切會好轉的！」「只有一事，維特，聖誕夜前請勿前來！」他正要回答，阿爾伯特這時走進房間。兩人冷冷互道了聲晚安，不約而同在房裡尷尬踱了起來。維特講了些雞毛蒜皮的事，沒多久便無以為繼。阿爾伯特亦然，他問了妻子幾樁事，一聽尚未辦妥，便說了幾句，聽在維特耳裡顯得冷漠，甚至是嚴厲了。維特想離開，卻又走不了，躊躇不決一直待到了八點，惱怒與不滿逐漸累積，等到餐桌擺設好，他便拿起帽子與手杖。阿爾伯特留他用餐，但維特覺得不過是無關緊要的客套話，淡淡謝過後便離開了。

他回到家，從小廝手中拿過本要為他引路的燭火，獨自走入房間後放聲大哭，怒氣沖天自言自語，在房裡激動地走來走去，最後和衣往床上一撲。小廝約莫等到了十一點才敢進房，詢問是否要為主人脫下靴子，才發現他衣裳未脫躺在床上。維特讓小廝脫了靴，並要他明晨等候召喚再進房。

星期一清晨，十二月二十一日，維特給珞特寫了封信。信已封好，放在書桌上，在他死後才為人發現交給珞特。我將分段列出書信內容，忠實呈現他寫信時亦分次完成的狀況。

★珞特，我決定一死。在即將見妳最後一面的這天清晨，我十分冷靜寫

★中德文朗讀

下此信，絕非是多愁善感、情緒化為之。親愛的，等妳讀到此信，冰冷的坏土已掩蓋一位不安、不幸之人的僵硬軀體。在生命最後的時刻，與妳談心最讓我感到幸福窩心。我度過了可怖的一夜，哎，卻也是仁慈的一夜。這一夜，確立且堅定了我的決心，亦即我欲一死！昨日我怫然不悅離開了妳，心頭悲傷難抑。想到在妳身旁已了無希望，了無樂趣，我不禁不寒而慄。一回到臥房，發了狂似地癱軟跪倒，上帝呀！祢賜予我苦澀的淚水這個最後的慰藉！萬千的打算、萬千的指望，在我心底翻騰流竄，終於，最後的念頭就這麼杵在眼前，堅定不移：我要一死！後來我睡下了，清晨醒來，心裡寧靜無波，然而念頭始終如一，強烈如昨：我要一死！這並非絕望，而是堅強的信念，我確實要為妳犧牲。沒錯，珞特，我何苦隱瞞我們三人有一人須得離開的事實，我心甘情願是這一人呀！喔，心愛的珞特！在我這顆破碎的心裡，殺人念頭岔岔潛行！殺死妳丈夫！殺死妳！殺死我！——那就殺死我吧！妳踩著美好的夏日暮色登上山崗時，請想起我也經常到此一遊；請眺望我在教堂墓區的墳塚，看落日餘暉中，墳上莽榛蔓草迎風擺動。提筆寫信時，我心如止水，但現在，現在卻哭得像個孩子，因為我身邊的種種一切，都變得鮮活了。

約莫十點，維特喚來小廝梳理著衣，說道過幾天要出趟門，要他把衣服刷乾淨，收拾好行囊，還囑咐他各處去把帳款結清，取回幾本出借的書，先前每週固定救濟幾位窮人的金錢也預先發放兩個月。

他差人把餐食送到臥房。用過餐後，策馬前去找法官，卻撲了個空。他心事重重，悶悶不樂在花園踱步，彷彿最後還要再一一回憶傷心往事似的。

孩子們卻沒讓他清靜，亦步亦趨纏著他，跳到他身上，告訴他：「明天，再一個明天，接著又等一天，就能到珞特家拿聖誕禮物了。」還七嘴八舌描述他們小小想像力蹦出來的奇觀。「明天！」他喊道，「再一個明天！接著又等一天！」他真誠地一一親吻孩子們，希望他們離開，不過老么還想對著他咬耳朵。他偷偷透露說，哥哥們寫了漂亮的賀年卡，有這麼大喑！一張給爸爸，一張給阿爾伯特和珞特，也有一張給維特先生，會在元旦早晨送給他們。維特深為感動，送了每個人一點東西，即跨上馬背，請孩子們代為問候父親，便熱淚盈眶，驅馬而去。

他五點左右回到住所，吩咐女僕添點柴薪，好持續燃燒入夜；然後又交代小廝把書和盥洗衣物裝入行李底層，將外衣放進布套縫好。接著，他很有可能在給珞特的最後信中又寫了以下一段。

妳別期待！以為我會乖乖聽話，聖誕夜才去見妳。哎，珞特！今日不見，永遠不見。聖誕夜，妳的手將捧著此信顫抖不止，晶瑩的淚水濕透信紙。我希望如此，我必須如此！噢，我心意已堅，感覺十分暢快呀！

珞特這段時日也陷入一種不尋常的情境。上次與維特一談後，她感覺到要離開他談何容易，而他不得不與她分別，又承受了何等痛苦。

她曾彷若無意似地隨口在阿爾伯特面前提及，聖誕夜前維特不會出現了。阿爾伯特現騎馬去見鄰區一位官員，有幾樁事務要同他處理，因而不得不留下過夜。

她現一人獨坐，弟妹們不在身邊，遂而思緒翻飛，浮想聯翩，靜靜思索自己的種種關係。她如今已與阿爾伯特永結連理，明白他的愛與忠誠，自己也心繫於他；他性格沉穩，為人可靠，讓一位嫻淑女子得以託付終身幸福，一切彷彿是上天的安排。她覺得阿爾伯特是她和孩子們的依靠。另一方面，維特卻又如此可貴，初次見面，便覺倆人脾性相合，與他日久相處，共同經歷過種種情景，早在她心裡留下不可磨滅的印象；感覺到有意思或想到什麼有趣的事情，已習於與他分享。他這一走，必將撕裂出一道無法填補的缺口。哎，要是此刻能將他變成兄長該有多好！她將會多幸福啊！但願可撮合他與一位友人成婚，但願他能修復與阿爾伯特的友誼！

她逐一細思身邊友人，發現總有些不足之處，無人配得上維特。

左思右想後，她深深感覺自己隱隱有股渴望，想要擁有維特，卻不願明白承認。同時，她也告訴自己無法也無權擁有他。她的心靈美麗、純潔，平素心情輕鬆愉悅且容易自我排遣，這時卻感受一股憂傷，阻斷了期盼的幸福。她心頭沉重，陰鬱的烏雲遮蔽了雙眸。

珞特一直坐到六點半，不一會兒就認出維特上樓的腳步聲，以及詢問她在哪裡的聲音。我們幾乎可斷言，這是她第一次聽見他來訪時心跳如此劇烈。她真該托辭不見他的。他一走進房，她便心慌意亂朝他嚷道：「你食言了。」「我可沒許下任何承諾。」這是他的回答。她語氣堅定答道：「你也該聽從我的願望，我請你讓我們兩個都靜一靜呀。」

她六神無主，不知該說什麼、該做什麼，便差人去請幾位女性友人過來，避免和維特獨處。他把帶來的幾本書放下，問起其他書。她心裡一會兒希望友人過來，一會兒又但願別來。女僕最後進房，稍來訊息說邀請的兩位友人都不克前來。

她本想讓女僕在鄰房幹活兒，隨即又變卦。維特在房裡走來踱去，她改而坐到鋼琴前，彈奏起小步舞曲，卻彈得坑坑巴巴。維特這時已在長沙發他慣常的位置坐下，珞特強振精神，泰然自若坐到他身旁。

「你有帶書來讀嗎？」她說。維特回道自己什麼也沒帶。珞特又說：「你翻譯的莪相的幾首詩歌放在抽屜裡，我尚未讀過，因為我始終希望由你來朗讀。只不過，那次之後，一直沒有機會，也沒有心思做這事。」他微微一笑，取出詩稿來，一拿到手裡，不由起了陣寒顫，眼望詩句，頓時熱淚盈眶。他坐下來，念道：

暮色之星啊，你在西天晶瑩閃耀，從雲端上抬起光芒萬丈的頭，壯麗地漫步山巔。你眺望荒原，所尋何物？狂風止息，遠方急湍淙淙，浩浩波濤拍擊石岩；原野上，夜蠅振翅嗡嗡。皎好的星光呀，你所尋何物呢？然而，你笑而不語，漫移離去，波濤在你四周雀躍伏湧，洗濯你亮麗的秀髮。再會了，靜謐的光輝。閃耀吧，你這莪相靈魂的華美之光！

莪相之光燦耀輝映了。我看見逝去的友人，聚首於洛拉平原（Lora），一如往昔那已然消逝的時光。芬格爾宛若潤澤的鹽柱般現身了，身旁簇擁著他的英雄們。看呀！那些吟唱詩人：白髮婆娑的烏林（Ullin）！魁梧壯碩的里諾（Ryno）！歌聲悅耳的阿爾品（Alpin）！還有妳，婉言怨訴的米諾娜（Minona）！我的好友呀，當年在塞爾瑪大殿（Selma）一連慶祝數日，我們競相歌唱爭取榮耀，歌聲宛如春風，一陣又一陣吹拂山崗，青草彎低了腰，喃喃私語。自那時日以來，你們的改變多麼劇烈啊！

這時，米諾娜丰姿綽約優雅現身，目光低垂，淚光盈盈，山崗刮來變幻無常的風，她的秀髮在風中飛舞張揚。英雄們一聽見她溫婉悅耳的歌聲，心情為之一沉，抑鬱悲愴；他們經常望見塞爾加（Salgar）的墓碑，經常望見白衣珂爾瑪（Colma）陰暗的住所。珂爾瑪遭棄於山崗，形單影隻，歌聲繞梁，餘音嫋嫋。塞爾加承諾前來，然而四下已夜色蒼茫。請聆聽珂爾瑪獨坐山崗上的歌聲吧。

珂爾瑪

夜幕低垂！我孤苦伶仃，獨坐風雨交加的山崗上。狂風呼嘯山嶺之間，洪流咆哮岩石而下，沒有屋舍為我遮風避雨。我孑然一人，棲身在風雨交加的山崗上。

月兒呀，從雲裡露出臉來吧！星子啊，在夜裡閃耀光芒吧！給我一絲星光，為我引路，帶我到愛人辛苦狩獵後的休憩之所吧，他的獵弓解下置於身側，獵犬於四周不停嗅聞！然而，我卻孤伶伶獨坐於雜草叢生的河畔岩石上，湍流與暴風雨肆虐怒號，遮蔽我聽見愛人的聲音。

為何遲遲不見我的塞爾加呢？難道他忘了誓言？岩石、樹木就在那兒，轟轟湍流就在這兒呀！你答應過，夕陽一落就過來。哎！我的塞爾加迷失在何處呢？我想與你私奔，離開父親與兄長！丟下這些傲慢之人！我們兩家族雖為世仇，但並非你我，噢，塞爾加！

風兒啊，歇一歇吧！湍流啊，緩一緩吧！讓我的呼喚迴盪山谷，傳到我那漂泊者的耳際吧。塞爾加！喚你的人是我呀！樹與岩石都在這兒！塞爾加，我的愛人！我在這兒，你為何仍遲遲未來？

瞧呀，明月露出了臉兒，映得谷底洪流銀銀生輝，山岩沿坡屹立，灰白模糊，山丘頂上卻不見他的人影，獵犬也未先來報信。我不得不孤伶伶獨坐在此。

躺在底下荒原上的是誰？我的愛人？我的兄長？快說話呀，我的朋友！可是他們默不回答。我心裡驚恐萬分！——啊，他們全都死了！戰鬥染紅了他們的劍！噢，我的兄長、我的兄長！你為何殺了我的塞爾加？哎，我的塞爾加，你又為何殺了我的兄長？你們都是我的摯愛呀！你在山崗上英姿颯爽、百裡挑一，而他在戰場上驍勇無敵。回我話呀！聆聽我的聲音，我的愛人們！然而，他們依然默不作聲，永遠沉默不語！他們的胸膛已冰冷如土！

噢，亡靈呀，從山岩、從風雨交加的頂峰對我說話吧！說呀！我心裡毫不懼怕！你們將往何處安息？我該在崇山峻嶺哪一座陵墓找到你們？狂風呼嘯中，我聽不見一絲微弱的聲音；山丘暴風雨裡，聽不見一聲哀切的回應。

我獨坐於此，哀痛逾恆，淚眼婆娑盼望天明。亡者之友們，掘開墓穴吧，但我到來之前，請勿將墓封起。我的生命如夢般消逝，我怎能苟活於世？我要伴著友人們同住於水濺石鳴的河畔，當夜籠山崗，風吹荒野，我的靈魂就會駐足於風中，哀悼逝去的友人。獵人在小屋中聽見我的悲慟，會既懼且愛，因我悼念好友的哀泣聲必然甜美悱惻，畢竟他們是我的摯愛啊。

噢，米諾娜，托爾曼（Torman）嬌羞明媚的女兒呀，這是妳的頌歌。我們的淚水為珂爾瑪而流，我們的心為她淒楚憂傷。

烏林懷抱豎琴出場，為我們奏起阿爾品的歌。阿爾品的嗓音悅耳動聽，里諾的心靈有如火光烈焰。然而，他們全安息於狹仄的墓室裡，歌聲在塞爾瑪已成絕響。英雄們隕落之前，烏林有次狩獵歸來，聽見他們在山崗上競唱，曲調溫婉卻淒涼，哀哀泣訴第一位勇士墨拉爾（Morar）之死。墨拉爾其心高尚可媲美芬格爾，其劍鋒利有如歐斯卡（Oskar）之劍。可是他陣亡了。父親悲慟欲絕，妹妹淚珠盈眶，驍勇的墨拉爾的妹妹米諾娜熱淚盈眶呀。她在烏林開唱之前便退下，彷彿西方明月預見風雨欲來，先將美麗的臉龐往雲裡躲藏。我與烏林一同撥弄琴弦，唱一曲悲悽的輓歌。

里諾

風雨已然平息，晌午天氣晴朗，撥雲見日，陽光忽隱忽現閃耀山丘，染紅了谷壑的山澗，水流淙淙清脆，悠揚入耳。然而，我聽到阿爾品悲悼逝者的嗓音，更是娓娓動聽呀。他老邁的頭低垂著，雙眼哭紅。阿爾品，絕倫超群的歌者！為何你零丁一人佇立於沉默的山丘？為何你幽幽悲嘆，似林間陡起的狂風，如遠方撲岸的浪濤？

阿爾品

里諾，我為逝者流淚，為墓中人而歌。佇立山崗之上，你何等挺拔；立身眾多荒野之子中，你何等俊美。然而，你亦將如墨拉爾一般隕落，悼念者在你墳上哭泣，群山把你遺忘，鬆了弦的弓將束之廳堂。

噢，墨拉爾，你矯捷如山上野鹿，駭人如夜空野火，怒氣猶如暴風，戰鬥中揮舞的劍迅如荒野閃電；你聲如雨後林間湍流，如遠山雷鳴。多少人命喪你手，遭你的怒火吞滅。然而，當你戰場歸來，容貌卻是一派祥和！宛若暴雨後的麗日，靜謐夜裡的明月，胸膛平穩如狂風止息後的湖泊。

如今，你的居室狹仄！住所陰暗！墓長不過三步，唉！你生前是如此偉大！而今四塊頂上爬滿苔蘚的石頭是你唯一的紀念。一株枝葉凋零的枯樹，一莖風中呢喃的蔓草，為獵人指出英雄墨拉爾之墓。沒有母親為你哀傷悲泣，沒有少女為你掬一把情淚。生你者已亡，摩格蘭（Morglan）的千金業已辭世。

那位拄著杖的人是誰？那位因年邁而白髮蒼蒼、因淚水而雙眼紅腫的人

是誰？唉，是你的父親啊，墨拉爾！你父親唯有你這一獨子。他聽聞你在戰場上的盛名，聽聞敵人慘敗逃竄，聽聞墨拉爾名揚天下！唉！難道就未曾聽聞過你負傷的消息嗎？哭吧，墨拉爾之父！哭吧！但是令郎聽不見你的聲音。亡者睡眠深沉，頭枕於塵土之下，永遠察覺不到聲音，聽不見你的呼喚而醒來。噢，墳墓裡何時有天光，能叫喚酣睡者：醒來吧！

永別了！人中豪傑，戰場上的蓋世雄才！然而，再也見不到你馳騁沙場的英姿，再也無法目睹你耀眼的利劍照亮幽暗的森林了。你膝下無子，但詩歌將會傳唱你的名號，讓後世得以聽聞你的英名，得以聽聞戰死沙場的墨拉爾的事蹟。

眾人淒聲哀悼，憂傷不已，又以阿敏（Armin）爆出的悲泣最為響亮，因他憶起英年早逝的兒子。名聲顯赫的加爾馬（Galmal）君主卡爾莫（Carmor），坐在這位老英雄身旁，說道：阿敏，為何如此嗚咽哀嘆？為何潸然淚下？詩歌妙曲難道不是為了歡心悅耳，融化心靈嗎？歌曲猶如湖面上的飄渺柔霧，緩緩瀰漫幽谷，滋潤盛開的花朵。然而太陽露臉，照耀大地，霧便也散盡。四面環海的戈爾馬（Gorma）統治者阿敏，你為何如此哀傷？

哀傷！我當然哀傷難抑呀！緣由一言難盡。卡爾莫，你未曾失去兒子，未曾失去如花閨女。勇敢無畏的哥邇佳（Colgar）與美麗脫俗的阿妮拉（Annira）仍然健在，你們家族依舊枝繁葉茂，卡爾莫。可是，我阿敏一族自此絕了後。朵拉（Daura）呀，妳的臥榻陰暗，妳在發霉的墓穴裡長眠不醒！妳何時醒來，用優美的嗓音吟唱歌曲呢？吹吧！秋風啊，吹呀！席捲幽暗的荒野吧！山林間的湍流，怒吼吧！狂風呀，在橡樹梢上咆哮吧！噢，明月呀，從碎雲間探頭，忽隱忽現，露出妳蒼白的臉龐吧！我記起一雙兒女命喪黃泉的可怖夜晚，勇猛的阿林達（Arindal）一命歸天，心愛的朵拉也香消玉殞。

朵拉，我的女兒，妳花容月貌，美如富拉（Fura）山崗上的一輪皓月，膚白如新雪，甜美如徐風。阿林達，你箭強弩勁，槍矛迅捷飆過原野，目光如浪頭煙霧，盾如暴風中的彤雲！

以驍勇善戰聞名於世的艾馬爾（Armar），前來向朵拉求愛，她並未猶豫良久。親友無不引頸期盼他們的喜訊。

歐德加（Odgal）之子艾拉特（Erath）怒火沖天，因為他的手足命喪艾馬爾手下。他喬裝成船夫，駕著一葉輕舟隨波起伏，滿頭卷髮白蒼蒼，面容誠摯安詳。他對朵拉說：「美麗的絕代佳人，阿敏的閨女啊，不遠的海中有座岩島，樹上豔紅的果實垂垂閃耀。艾馬爾就在彼處等待朵拉，我來帶她越過波濤滾滾的海洋。」

她登船隨他而去，口中不斷呼喚著艾馬爾，卻只有岩石回以鳴響。「艾馬爾！我的愛人！我的愛人！你為何驚得我惶惶不安？聽著呀！安拏特（Armarth）之子！聽著！是我朵拉啊，是我在呼喚你！」

奸徒艾拉特仰天大笑，逃回岸上。朵拉提高嗓音，聲聲呼喚著父親與兄長。「阿林達！阿敏！沒人來救你們的朵拉嗎？」

她的呼喊劃過海洋。我的兒子阿林達聞聲疾下山崗，帶著捕獲的獵物，粗暴剽悍，手執弩弓，腰際箭矢啪啪作響，五隻黑灰大丹犬緊隨在側。他一見大膽妄為的艾拉特已上岸，立刻擒來，縛於橡樹，繩子一圈又一圈緊纏他身。被綁的艾拉特叫苦連天，哀號聲飄蕩空中。

阿林達乘風破浪，駕船欲前去救回朵拉。艾馬爾此刻亦怒髮衝冠趕到，射出一支灰翎箭，嗖地一聲正中你的心臟，哎，阿林達，我的兒呀！你竟替奸徒艾拉特送了命，船一抵岩島，便倒地而亡。朵拉啊，妳兄長的血在妳腳邊流淌，妳悲傷難抑，哀慟萬分。

巨濤擊碎艾馬爾的船，他躍入海中為救朵拉，抑或只求一死。山上一陣狂風襲來，激起驚濤駭浪，艾馬爾沒入海中，從此不見蹤影。

我獨自佇立於岩上，浪濤拍岸。女兒的哭訴聲聲入耳，嘶喊悽厲，可是她的父親卻無能為力。我徹夜站在岸邊，望著她在朦朧月光中的身影；我徹夜聽著她的哭喊，風聲呼嘯，暴雨猛烈敲打山坡。天光未明，她的聲音逐漸微弱，終而死去，猶如晚風消逝在岩間草叢裡。她心懷悲痛，哀傷而終，留下我阿敏孤苦伶仃一人！我在戰場上的威風已逝，在姑娘間的驕傲已毀。

每當山上風雨交加，每當北風掀波捲浪，我便坐在驚濤作響的岸邊，遙望那可怕的岩島。月亮西沉時，我常看見兒女的幽魂時隱時現，和睦並肩徘徊遊蕩，面容不勝哀戚。

珞特淚如泉湧，淚水紓解了抑鬱的心，維特卻念不下去了。他把詩稿往旁邊一丟，緊握她的手痛哭流涕。珞特支在另一手上，臉埋在手巾裡。兩人心潮澎湃，激動莫名。他們從詩中高貴之人的命運感受到了自己的不幸，感觸相同，淚水交融。維特灼熱的嘴唇與眼睛靠在珞特手臂，她猛地一陣冷顫，想要抽身，然而痛苦與憐憫如鉛塊般壓得她動彈不得。她深吸一口氣，恢復鎮定，嗚咽著請他繼續念下去。懇求的聲音宛若天使！維特顫抖不已，心都要碎了。他拾起詩稿，斷斷續續念道：

春風啊，為何將我喚醒？你愛撫著我說：「我要以天上甘露滋潤於你！」然而我凋萎之期已臨，暴風雨即將迫近，吹落我的枝葉。明日，將有個旅人前來，他曾見過我韶顏稚齒。他的雙眼將往原野四處尋覓，但找不到我的蹤影——

這些文字的威力重重落在不幸青年的身上。他萬念俱灰，撲倒珞特腳邊，緊握她的雙手，先是按在眼上，接著是額頭。珞特心頭掠過一絲預感，彷若察覺到他可怕的企圖，頓時心慌意亂，遂而將他雙手緊按在胸口，愁腸寸斷挨過身去。兩人灼燙的臉頰依偎相貼，周遭世界轉眼消逝。他摟住她，緊緊擁在懷裡，發狂吻著她囁嚅顫抖的芳唇。「維特！」她喊道，聲音悶著宛若窒息，一

邊掙扎扭過身子。「維特！」柔弱的雙手抵在他胸膛把他推開。「維特！」她又喊道，口氣莊重高潔。維特不再堅持，放開了她，頹然跌落她跟前。珞特驀然起身，心慌意亂又恐懼絕望，在愛與怒之間擺盪。「這是最後一次了！維特！你別想再見我了。」語畢，深情望了這可憐人最後一眼，便飛步逃入鄰房，將房門落了鎖。維特伸出手，卻不敢攔住她。他躺在地上，頭枕著沙發，文風不動過了半個小時，最後一絲聲響將他喚醒，有位女僕來擺設餐桌。維特於是起身，在居室裡來回踱步，等到自己又隻身一人，便走到鄰房門前，輕聲喚道：「珞特！珞特！只要再說一句！一句告別之語！」珞特默不作聲。他等了等，又開口哀求，又等了一會兒。最後，他猛然轉身，嚷道：「再會了，珞特！永別了！」

他來到城門，早已熟識他的守衛一言不發默默放他出城。雨雪交加，他約莫十一點才回到家敲了門。維特進屋時，小廝發現他頭上的帽子已然不知去向，但沒敢造次多問，只是伺候他更換一身濕透的衣裳。後來，帽子在俯臨山谷一處陡坡的岩石上找到。但他怎能在又濕又暗的夜裡爬上岩石卻竟未摔落，令人百思不得其解。

他爬上床，沉睡多時。翌晨，小廝送來維特吩咐的咖啡，發現他正伏案寫信。他在給珞特的信中又增添了以下幾段。

最後一次，我最後一次張開雙眼了。哎，這雙眼再也見不到太陽，霧濛濛的陰鬱白日將遮蔽雙眼。悲慟吧，大自然！你的公子、你的朋友、你的愛人，正逐漸走向末日呀。珞特，對自己說「這是最後一個早晨」的感覺真是無法言喻，但可說猶如身處夢境。最後一個早晨啊！珞特，我實在不明白「最後一個」一詞的意思。此刻我不仍精神抖擻佇立在此嗎？只是明日將四肢朝天，僵躺在地。死亡！意味為何？瞧，談論到死亡時，我們是在做夢的。我目睹過幾次死亡。不過，人類有其局限，無法理解自己存在的濫觴與終結。眼下我仍存在，妳亦存在！喔，吾愛，妳的生命仍在！然而轉瞬之間，分開了、離別了——或許是永別了？不，珞特，不！我怎能消逝？妳又怎能消逝？我們「確實」存在著呀！消逝！又意味為何？不過是個詞罷了！一聲空洞之響！激發不起我一絲情感。死去，珞特，葬於冰冷的黃土之下，如此逼仄，如此晦暗！有位姑娘，曾經是我年少徬徨時的一切。然而她過世了，我隨棺送她一程，站到墓穴旁，見人將棺木放入坑中，刷地抽出棺底的繩索，再往上一彈。接著，鏟起第一抔土往下一拋，可怕的木盒轟轟發出悶響，聲音愈來愈悶，愈來愈沉，棺木終於完全給覆蓋住！我倒落墓穴旁，哀痛欲絕，驚慌害怕，肝腸寸斷，我不知道自己會發生何事，不知道自己未來會變什麼樣。死亡！墳墓！我絲毫無法理解這些字眼！

喔，原諒我！原諒我吧！原諒我昨日的作為！那應當是我人生的最後一刻。喔，妳這天使！幸福感第一次切切實實沸騰我內心深處，破天荒第一次，因為她愛我！她愛我！妳芳唇傳來的聖潔之火，仍燃燒著我的唇，在我心中湧現新穎溫暖的狂喜。原諒我！請原諒我吧！

打從妳最初幾眼深情款款的目光，打從第一次與妳握手，我便知曉妳愛我。然而，我一旦離開妳，一旦看見阿爾伯特在妳身邊徘徊，旋又心生疑慮，沮喪得要發狂。

妳還記得那次痛苦的聚會，妳沒法與我交談、與我握手，所以送了束花給我嗎？我在花前跪了大半夜，花兒印證了妳對我的愛。但是啊！這些印象已然煙消雲散了，一如行聖禮時感受到上帝滿滿恩賜的信徒，心中最後也會逐漸淡忘掉上帝的恩惠。

萬事萬物皆倏忽而逝，但我昨日啜飲妳芳唇而燃起的熾烈生命，卻是永恆不滅，眼下仍在我心中燃燒！她愛我！這隻臂膀摟過她，兩片唇在她芳唇上顫抖，這張嘴在她唇邊囁嚅低語。她是我的！妳是我的！沒錯，珞特，永遠屬於我。

阿爾伯特是妳丈夫又如何？丈夫！我愛妳，我欲奪走他手中的妳，據為己有，難道世界會視之為罪孽？罪孽？好，我願為此受罰。我在罪孽中品嘗到世間極樂，這個罪孽把生命的香脂與力量吸入我的心裡。此時此刻起，妳是我的人了！是我的，啊，珞特！我先走一步，去見我的天父，見妳的天父。我要向祂訴苦，祂將會安慰我，直到妳來。屆時，我將飛奔到妳面前，擁抱妳，在永恆天父面前永遠摟住妳不放。

我並非痴人說夢，也非痴心妄想！人之將死，神智更為清明！我們會的！我們將會再見！還有妳的母親，我也會見到她，找到她，啊，在她面前掏心掏肺！因為妳母親，即為妳的翻版呀。

十一點左右，維特詢問小廝，阿爾伯特是否回府了？小廝答道是的，他已看見阿爾伯特騎馬回返。維特於是把一張未封起的便箋交給小廝，內容如下：

我計畫出趟遠門，可否借我手槍一用呢？珍重再會！

可愛的夫人昨夜輾轉難眠。她所憂所懼之事終於發生了，發生得如此出乎意料，絲毫來不及擔憂。她平素溫和沉穩，居然也心急火燎，千頭萬緒擾亂美麗的心靈。胸臆裡感受到的熊熊烈焰，是維特的擁抱點燃的嗎？是惱火他的大膽放肆？抑或將現況與從前天真無邪、自由奔放、自信滿滿的自己相比，而心生煩怒？她該如何面對丈夫？如何對他坦承昨晚那一幕？她大可直言不諱，卻又沒有勇氣開口。他們已有一段時間相對無語，難道該由她先打破沉默，在這不對的時機向丈夫揭露此一意外？她擔憂光是維特來訪的消息，就會帶給他不愉快，遑論這樁意外災難！她能指望丈夫明智看待此事，毫無偏見接納她嗎？她能期待丈夫洞悉她的心靈嗎？在他面前，她始終如水晶般澄澈透明，從未隱瞞自己的感受，也不可能隱瞞，難道現在就能佯裝沒事嗎？她憂心忡忡，怎麼做都不對，進退維谷。而思緒又一再飄到維特身上。她失去了維特，雖無法放手，但很遺憾不得不然！而維特失去了她，完全一無所有了。

在這一刻，她仍不清楚他們夫妻之間的沉默隔閡，壓在身上有多麼沉重！兩個通情達理的善良人，由於某種隱晦的分歧，逐漸沉默不語，心裡各自覺得我是你非，關係變得錯綜複雜，越發尖銳，到頭來成了牽一髮動全身的緊張時期，誰也解不開的死結。倘若因幸福而生的互信互賴讓兩夫妻早點理解彼此，愛與寬容敞開他們的心胸，我們的朋友或許也不至於命喪黃泉。

還有件事特別值得一提。我們可從維特信中得知，他從未諱言渴望離開這個世界。阿爾伯特經常與他爭論此一問題，偶爾也與珞特談及。他對此種行為深惡痛絕，常常一反常態激動表示，他有憑有據強烈懷疑維特並不當真，甚至還對此開了幾次玩笑，也把自己的疑慮告訴了珞特。這番言論，雖使珞特腦中浮現悲慘不幸的畫面時，能稍感安心，另一方面，卻也叫她無法把現時心中的種種憂慮，向丈夫和盤托出。

阿爾伯特返回家裡，珞特急忙迎上前去，神色有些窘迫。阿爾伯特心情不佳，鄰區那位法官剛愎自用，度量狹小，導致事情延宕無解。加之歸途窒礙難行，也讓他情緒惡劣。

他問道家裡有沒有事，珞特慌亂答說維特昨晚來過。他又問有沒有信，珞特說有封信和包裹，都放在他房裡了。於是他回房去，留下珞特一人。摯愛且尊敬的丈夫歸來，珞特心裡升起全新的感受。思及他高尚的情操、他的愛與良善，多少撫慰了她的情緒，心中隱隱興起衝動想跟著他去，便像平常一樣拿起女紅，走到他房裡，正好看見他忙著拆包裹、讀信，信中的文字似乎有些令人不快。她問了丈夫幾句，但他僅簡短回答，隨即坐到書桌前寫信。

兩人就這樣相對無語坐了一個小時，珞特的心情愈來愈沉。她感覺即使丈夫心情快活欣喜，也難以啟齒坦露心事。她黯然神傷，卻又不得不隱藏哀愁，將淚水往肚裡吞，因而益發惶惶不安。

維特的小廝一來，她更顯得周章狼狽。小廝把信箋遞給阿爾伯特。阿爾伯特讀後，泰然冷靜轉身對妻子說：「把手槍拿給他。」旋而又吩咐小廝：「我祝他一路順風。」珞特宛遭天打雷劈，搖搖晃晃站起身，不知道自己在做什麼。她緩緩走向牆前，哆哆嗦嗦取下槍，拭去槍上的灰塵，心中舉棋不定。若非阿爾伯特疑惑地望著她，目光催促，或許還會躊躇更久。她把不祥之物交給小廝，說不出半句話來。小廝返家去後，她收拾女紅，回自己房裡，心中異樣忐忑不安，預感即將發生種種可怕的事情。不一會兒，她決定跪倒丈夫腳前，坦承不諱昨晚之事、她的罪惡與不祥預感。但繼而一想，這麼做不見得結局美滿，說動丈夫跑一趟維特住所的希望壓根兒微乎其微。這時，午餐已備好，有位女性友人過來詢問些事，本想馬上離開，最後仍留了下來，勉強緩和了席間的交談氣氛。珞特壓抑不安，與眾人談天說地，不知不覺也就忘了煩憂。

小廝返家後將槍交給維特。維特收下槍時，一聽說是由珞特親手所交，不由得欣喜若狂。他吩咐小廝送來麵包與葡萄酒，隨後差他去用餐，自己則坐下動筆寫信。

妳親手遞過槍，且拭去了上頭的灰塵。我把妳觸摸過的槍吻了千遍萬遍！妳啊，天上的聖靈啊，堅定了我的決心！珞特，妳親手把工具交給我；我曾渴望從妳手中迎接死神，噢，如今得償所願。我仔細問過小廝了，妳雙手顫抖把槍給他，一句再會也沒說！心痛啊！痛心啊！一句再會也沒有！難道在我與妳永遠緊密相連的那一刻，妳便已對我關上心門？珞特，即使千年，也無法磨滅此一印象啊！我感覺得到，妳不會怨恨我這個對妳如痴如狂的人。

用過餐後，他交代小廝打包一切物品，自己撕掉了許多紙張，隨後出門清掉幾樁小債務。事畢後返家，沒多久又外出，冒雨到城外伯爵的庭園，四處晃晃悠悠，日落西山後才打道返府寫信。

威廉，我向田野、樹林與穹蒼做了最後一次巡禮，而今也要向你道別了！親愛的母親，請寬恕我！威廉，好好安慰她吧！願主賜福於你們！我的事情全已辦妥。永別了！我們會再見的，屆時將更為喜樂。

阿爾伯特，我辜負了你的友誼，請寬宥我。我破壞了府上的和睦，造成你倆彼此猜疑，永別了，我會結束一切。喔，我的死應能給你們帶來幸福的！阿爾伯特！阿爾伯特呀！千萬要給天使幸福唷！如此上帝才會保佑你！

他晚上又翻看了許多文件，撕掉不少紙張，扔進火爐裡，還漆封了幾個包裏，寫上威廉的地址，裡頭是若干短文和隨筆，我讀過零星幾篇。十點左右，他要小廝添加柴火，送上葡萄酒，然後吩咐他回房休息。小廝房間與房東臥室遠遠坐落在後院，他和衣而眠，以便隔日清早聽候差遣，因為主人說六點前郵車就會抵達家門前。

十一點過後

★萬籟俱寂，我的心也十分寧靜。上帝啊，謝謝祢，在最終時刻賜予我這股溫暖、這份力量。

我的摯愛，我走到窗邊，透過洶湧飄移的層層雲朵，望見永恆夜空中繁星點點！不會，你們不會隕落！永恆的主宰將你們托在心上，也一樣托著我。我看見了群星中最鍾愛的北斗星。每當夜晚從妳家離開，踏出大門，北斗星便高掛我頭頂上方，屢屢看得我心醉神迷！常常忘情伸出雙手，將其化為象徵我當下幸福的紀念聖杯！現今亦復如此！噢，珞特，無一物不使我思

★中德文朗讀

及妳！身邊隨時隨地浮現妳的芳影！我像個孩子，將妳這位聖人碰過的小玩意兒全都貪婪地納為己有！

心愛的剪影！我把它餽贈於妳，珞特，請妳好好珍藏。我吻過它千千萬萬遍，每當外出或返家，也總要向它寒暄致意。

我給令尊留了封信箋，請求他照料我的遺體。教堂墓園裡有兩株菩提樹，就在後方朝向田野的一隅，我希望安眠於此。他會願意也必定會幫他的朋友完成此事，也請妳替我央求他。我無意苛求虔誠的基督徒讓他們的遺體躺在一個可憐的不幸者身旁。啊，我本希望你們將我安葬路旁，或者寂寥的山谷，讓路過的祭司和侍奉主的利未人（Levit）在碑前駐足賜福，好心的撒馬利亞人（Samariter）一掬憑弔之淚。

★珞特，是時候了！我毫無畏懼舉起這只冰冷可怕的高腳杯，要飲下死亡的狂喜！是妳將之遞給了我，因此我毫不畏怯。這一切的一切！我畢生一切的心願與期望終將如願以償！此刻，我將冷靜、堅毅地扣敲冥府的鐵門。

為妳赴死，為妳犧牲，是我的幸福啊，珞特！若能帶給妳寧靜、重建妳生命的喜樂，我願欣然勇於赴死。哎！世間只有少數高尚人士，願意為所愛

★中德文朗讀

之人拋灑熱血，願意以自身之死，為親友點燃千百倍的新生命呀。

珞特，我希望以這身衣裳下葬，因妳曾碰觸過，故已成為聖潔之物。我也在信中向令尊祈請此事了。我的靈魂將飄蕩在墳墓之上。請別讓人翻動我的口袋。這條粉紅色蝴蝶結，是我初次見到妳身邊簇擁著弟弟妹妹時，繫在胸口上的。噢，請代我一遍又一遍親吻他們，把我這個不幸朋友的遭遇告訴他們。可愛的孩子們，彷彿就圍繞在我身邊啊！哎，我對妳依戀萬千，第一眼見妳，從此無法自拔！這條蝴蝶結須伴我入土，這是生日那天妳送我的禮物！我狼吞虎嚥接受妳給予的一切！哎呀，沒想到我會步上今日這條路！冷靜！求求妳，要冷靜！

槍已上膛。時鐘敲響十二下！就這樣了！珞特！珞特，再會了啊！永別了！

鄰居看見火光一閃，聽見槍響，但周遭隨後復歸於闃寂無聲，便也沒將此事放在心上。

凌晨六點，小廝秉燭進房，見主人倒臥在地，滿地鮮血，手槍躺在一旁。

他大聲呼喚、觸摸，但維特沒有反應，只有喉部呼嚕呼嚕響。小廝趕緊跑去找大夫、找阿爾伯特。珞特聽見門鈴叮噹作響，一陣冷顫竄過四肢。她連忙喚醒丈夫，一同下了床。小廝哀號痛哭，結結巴巴報告噩耗。珞特一聽，立刻癱軟，昏倒在阿爾伯特跟前。

大夫趕到不幸者身邊，發現他倒在地上已回天乏術。維特的脈搏依舊跳動著，但四肢早已僵硬。他從右眼上方射穿頭顱，腦漿都迸了出來。大夫仍切開他手臂一條血管放血，雖是多此一舉。維特依然在喘氣。

從椅子靠背上的血跡研判，他應是坐在書桌前開的槍，隨後翻落倒地，在椅子四周抽搐亂滾，最後氣力用盡，仰躺在窗戶前面，一身是穿戴好的服裝：腳著長靴，外罩藍色燕尾服搭配黃色背心。

這事驚動了屋裡的人、鄰居和全城居民。阿爾伯特趕過來時，維特已被安放在床上，額頭包紮著繃帶，臉色灰槁如死人，四肢動也不動，但肺部仍舊呼呼發出可怕的聲響，一會兒弱，一會兒強。大夥只能等待他嚥下最後一口氣。

維特只喝了一杯酒，桌上攤開著《艾蜜莉亞．嘉珞特》[21]一書。

我在此便不多贅言阿爾伯特有多驚恐，珞特有多麼悲痛了。

21 譯註：Emilia Galotti，德國劇作家雷辛（Cotthold Ephraim Lessing，1729-1781）著名悲劇作品，主角艾蜜莉亞為了守住自己貞潔而自我了結。

★法官聽聞噩耗即刻飛奔而至，淚流滿面親吻奄奄一息的維特。他幾個年紀較大兒子不久也接踵趕到，跪倒床邊，哀哀欲絕，不停吻著他的手與唇。維特最疼愛的大兒子更是吻著他的唇不放，直到維特斷了氣，才被強行拉開。維特於正午十二點辭世。多虧法官在場指揮若定，才平息眾人的騷動不安。夜裡十一點左右，他讓人把維特安葬在他自己選定的地點。老人家與兒子隨棺送葬，阿爾伯特不克前來，因為洛特的生命令人擔憂。靈柩由工匠抬著，沒有任何神職人員隨行一側。

★中德文朗讀

茶花女 La dame aux camellias

文學史上三大青春悲戀小說，小仲馬成名代表作
【獨家收錄《茶花女》文學沙龍特輯｜法文直譯精裝版】
亞歷山大．小仲馬（Alexandre Dumas, fils）／著

★愛的本質不是占有，是成全！
獻給每個在生命旅程中尋覓愛的旅人

家境貧苦的瑪格麗特，不得已從鄉間到都市謀生，憑藉著她的天生麗質，搖身一變成為巴黎貴族爭相討好的交際花。
可是在那浮靡的亮麗外表背後，蘊藏了一個女孩渴求心靈伴侶的簡單願望。當她邂逅了富家公子阿爾芒之後，一切有了轉變的契機。為了正式揮別過去的自己，瑪格麗特陷入了經濟困境，奮力抵抗著外界的流言蜚語，只為守護兩人的愛情。
然而阿爾芒父親的意外來訪，迫使她面臨到現實的殘酷無情。為了阿爾芒的前途、為了另一位純潔女孩的幸福，她決心作出此生最偉大的犧牲……

小婦人(復刻精裝版) Little Women

【收錄1896年經典名家插畫120幅】
(150週年紀念．無刪節全譯本)
露意莎．梅．奧爾柯特（Louisa May Alcott）／著

★BBC《大閱讀TOP 200》
★《衛報》史上最佳100本小說

馬奇家有個性迥異的四姊妹，她們在不算寬裕的環境中彼此扶持，雖然偶爾會傾羨富裕人家奢華的生活，但總有辦法透過音樂、書籍與想像力自娛娛人。
除了四姊妹，隔壁大房子裡英俊親切的男孩羅瑞，以及他的祖父羅倫斯先生，也對這個女孩之家好奇又關心，彼此的連結越來越緊密……
四姊妹經歷了親情、友情、愛情的洗禮，有時迷茫有時慌亂，但姊妹情誼總是伴她們左右。她們也彼此約定，要在父親離家歸來前，成長為令父親驕傲的「小婦人」。